대한민국 10인의 강사들이 들려주는 생생한 열정 이야기

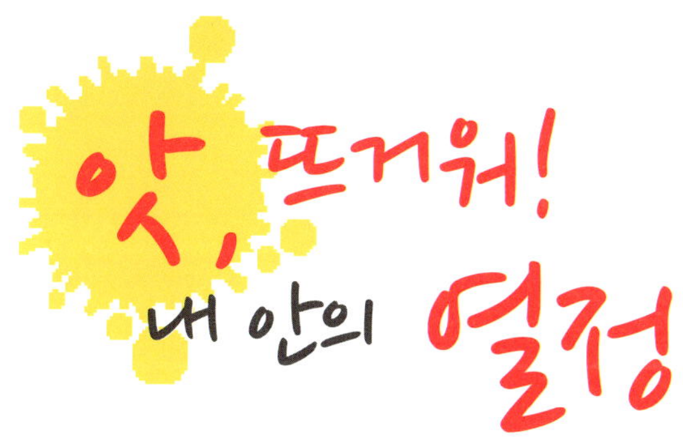

대한민국 10인의 강사들이 들려주는 생생한 열정 이야기

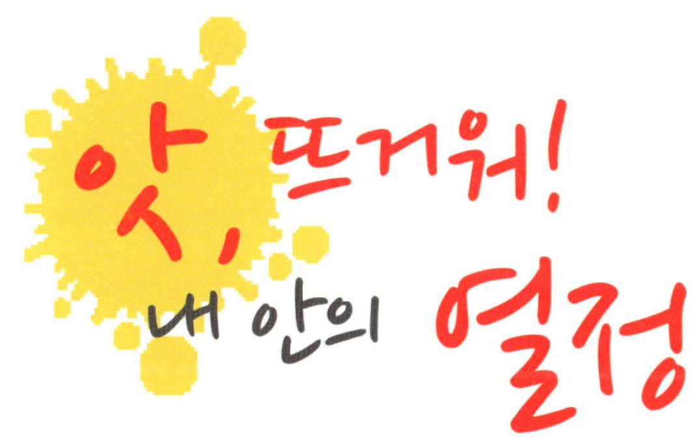


# 앗, 뜨거워! 내 안의 열정

명강사드림포럼 지음

출판
이안

## 참부자 정신을 다시 한번 가슴에 새기며

어느덧 3년이라는 시간이 흘렀습니다. 무더위가 기승을 부리던 2008년 7월, (사)한국강사협회에서 실시하는 명강사육성과정에 열정을 쏟아 부었던 여름 날, 우리는 한결같이 (사)한국강사협회에서 내세우는 참부자 정신을 가슴에 품고, 평생학습 시대에 꼭 필요한 명강사로 우뚝 서겠다는 열정으로 가득 차 있었습니다. 직업도 의사, 교수, 전문강사, 회사원 등으로 다양했고, 연령도 20대에서 50대까지 골고루 분포되어 있었습니다.

명강사 육성과정 수료 후 누가 먼저라고 할 것 없이 정기모임을 갖는데 찬성하여 자연스럽게 모임이 발족되었고, 『명강사드림포럼』은 그렇게 세상에 첫 선을 보였습니다. 우리는 일 년에 6회 이상, 거의 2개월에 한 번씩 꾸준히 명강사 스터디 모임을 이끌어 왔습니다.

스터디 모임의 하나로 『명강사드림포럼』은 지난 2010년 10월, 「열정」이라는 주제로 개별 강의를 발표하고, 서로 피드백을 주고 받는 자리를 마련했습니다. 그때 자리를 함께 하셨던 (사)한국강사협회 홍석기 2대 회장님께서 열정이 넘치는 자리였다며 찬사를 아끼지 않으셨습니다.

이 책은 그때『명강사드림포럼』식구들이「열정」이라는 주제로 각자 발표했던 강의의 결정체입니다. 우리끼리만 알고 있기에는 너무 아까운 내용들이 많아서 이렇게 책으로 엮어 낸 것입니다.

앞에서 밝혔듯이『명강사드림포럼』의 모체는 (사)한국강사협회입니다. 따라서 이 책이 나오기까지 정신적 지주 역할을 해주신 (사)한국강사협회 전·현직 회장님과 관계자 여러분께 진심으로 감사를 드립니다. 또한 바쁘신 일정 중에도 원고 정리에 적극적으로 협조해 주신『명강사드림포럼』식구들에게도 진심으로 감사를 드립니다.

이 책은 평생학습 현장에서 수많은 수강생들과 함께 열정을 불태우고 있는 강사들의 이야기입니다. 모쪼록 독자 여러분께서도 현장에서 수많은 사람들과 고락(苦樂)을 함께 하는 강사들의 생생한 열정 이야기를 접해 보면서, 내 안에 끓고 있는 열정에 대해 깊이 생각해 보는 자리를 가져 보았으면 합니다.

**"앗, 뜨거워, 내 안의 열정!"**

이 말이 우리들만의 공허한 외침이 아니라 우리 시대를 당당히 밝히는 등불이 되었으면 하는 바람을 담아 봅니다.

감사합니다.

2011년 5월 대한민국 열정공화국을 생각하며
명강사드림포럼 회장 조용호

# 가로등

이인환

있어야 할 자리에
있을 수 있으니
얼마나 좋을까

눈비 맞아도
끄떡 없고

홀로라도
초연히

외진 골목길
밤이 깊을수록

더욱 더
당당할 수 있으니
얼마나 좋을까

나의 **열정**을
불러 일으키는 것은
가족이다

**김석봉(金碩奉)** ▪
㈜석봉토스트 대표

## 강의분야
동기부여, 프로의 삶, 셀프 리더십
– 인생을 바꾼 시간 디자인, 멋진 인생 디자인하라
– 인생을 바꾼 작은 습관

## 주요경력 및 자격
현) ㈜석봉토스트 대표, 현) KCEF 국가 이사
현) 한국어린이전도협회 서울 이사장
데일카네기CEO최고 과정 수료
한국리더십센터 7Habits 과정 수료
연세대학교 FCEO최고 과정 수료
이화여대 최고명강사양성과정 수료

## (사)한국강사협회 위촉 대한민국 명강사 95호

HRD2011 명강사 대상, 중소기업청 "YES리더" 특강강사 위촉

## 주요강의경력
삼성인력개발원, 삼성생명, 삼성경제연구소, 삼성건설, 삼성화학, 코오롱,
포스코, 현대자동차, 기아자동차, 신세계백화점, 롯데백화점, 뉴코아백화점,
이랜드 그룹, 아모레퍼시픽, 이롬, 마임, 삼성병원, 아주대병원, 세브란스병원,
증권거래소, 한국리더십센터, 데일카네기(한국)연구소,
대한지역사회영양학회, 명지대, 서울여대, 상명대, 전경련국제경영원,
KS표준협회, 한국코치협회, 6군단, 11군단, 9군단 등, 행정자치부,
공무원행정연수원, 국세청연수원, 보건복지부, 안양시청, 영도구청,
만안구청, 청주시청,경북도청 등 전국 대기업 및 중소기업, 관공소,
병원, 대학, 교회 및 복지관 외 다수

## 방송 및 인터뷰 경력
KBS, MBC, SBS, YTN, CGN, CTS, CBS, 국회방송, 극동방송,
한국경제신문, 매일경제신문 등 각 신문사

## 저서
석봉토스트 연봉 1억 원의 신화(넥서스)
희망을 굽는 토스트맨(기독교신문사)

홈페이지: www.sukbong.com
이 메 일: toastman@empal.com

# 들어가며

저는 열정은 기적을 만든다고 봅니다.

지금까지 제가 살아 오면서 열정만큼 우리의 삶을 변화시키고, 활기차게 해주는 것도 없다는 것을 보아 왔습니다. 그리고 그 열정이 수많은 기적을 이뤄 온 사례들을 수없이 보아 왔습니다.

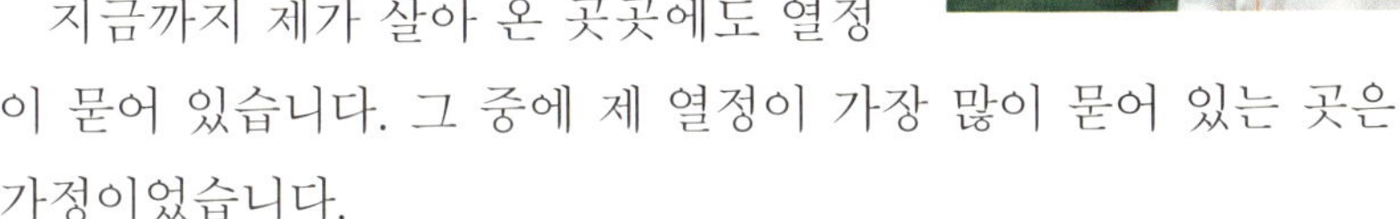

지금까지 제가 살아 온 곳곳에도 열정이 묻어 있습니다. 그 중에 제 열정이 가장 많이 묻어 있는 곳은 가정이었습니다.

그래서 저는 **"나의 열정을 불러 일으키는 것은 가정"**이라고 조심스럽게 밝혀 봅니다.

남자가 가정을 돌보지 않고 바깥에서만 생활을 하면 그 사람은 분명히 나쁜 남편, 나쁜 아빠로 평가를 받습니다. 그런데 많은 남자들이 가정을 위해 돈을 번다는 이유로 바깥일에만 신경을 쓰는 경우가 많습니다. 집안일은 내 일이 아니라는 듯이, 나는 집안을 위해 열심히 일을 하고 돈을 벌어 오니 집안일은 너희가 알아서 하라는 식입니다.

그러나 이런 사고방식은 분명히 문제가 일어 날 수 있다고 봅니다. 바깥에서 일을 하고 돈을 버는 것이 가족을 위해서 무엇보다 중요한 일이기는 하나, 여기에만 신경을 쓴다면 돈을 벌어서 누리려는 가족의 행복을 소홀히 할 수 있기 때문입니다. 자칫하면 가족을 위해 돈을 버는 행위가 가족의 행복을 위험하게 할 수 있기 때문입니다.

제가 이런 말을 하면 많은 분들이 바깥일을 하느라 시간이 부족한데 어쩌면 좋겠냐고 반문을 하기도 합니다. 물론 일리가 있는 말입니다. 열심히 일하느라 바쁘신 분들이 이런 말을 하실 때는 정말 고개를 끄덕일 수밖에 없습니다. 그런 분들에게 가정을 지켜야 한다고 말하는 것은 남의 속도 모르고 가슴에 염장을 지르는 행위밖에 되지 않을 수 있기 때문입니다.

그래서 저는 이 자리를 빌려 먼저 저의 살아온 이야기를 조심스럽게 해 보고자 합니다.

## 내가 이끌어 가는 시간

많은 분들이 아시다시피 저는 요즘 사업이 활기를 띄고, 조금 유명세를 타면서 바쁜 날을 보내고 있습니다. 방송도 하고, 연예인들과 사진도 찍게 되면서, 저 자신이 처한 환경을 새삼 확인하면서 깜짝깜짝 놀라고 있습니다.

사업이 확장되고 저 자신이 바빠지는 것은 좋은 일이나, '이러다가 자칫 나 자신을 놓치면 한 순간 모든 것을 잃을 수도 있겠구나' 라는 생각이 종종 들 때가 있습니다.

그래서 저는 요즘 시간을 어떻게 바꾸고, 어떻게 내 것으로 만드느냐에 대한 고민을 하고 있습니다. 그 동안 시간 관리에 대해서 많은 책을 읽고, 많은 강의를 들었으면서도 정작 그것을 내 것으로 받아 들여 본 적이 없었는데, 지금 제가 처한 환경을 보니 시간관리의 중요성이 너무나 절실하게 다가왔습니다.

저는 무엇보다 저의 열정을 불태우기 위해서 시간 관리를 잘 하자고 결심했습니다.

그래서 시간을 가장 알차게 쓰는 것에 대해서 도전을 해보았습니다. 시간은 예전이나 지금이나 똑같이 흐릅니다. 문제는 그 시간을 어떻게 내 것으로 만드느냐가 중요한 일입니다.

저는 그동안 써왔던 시간을 이제라도 관리를 통해, 저 자신에게 가장 유용하게 쓸 수 있도록 시간에 맞춰 나를 바꾸는데 초점을 두고 계획을 짜 보았습니다.

이렇게 시간관리에 맞춰 저 자신의 시간을 돌아 보니 많은 생각이 들었습니다. 그동안 제가 제 인생을 주도적으로 이끌어 가며 시간을 잘 활용했다고 생각했는데, 막상 이렇게 점검해 보니 제가 시간에 이끌려 왔지, 제가 시간을 이끌어 본 석이 없다는 것이 보였습니다.

무엇보다도 우선적으로 저는 저 자신하고의 약속도 많이 어기고 있었습니다. 이때는 무엇을 하고, 또 언제는 무슨 일을 하자고 계획만 세웠지, 제대로 지켜본 적이 없었습니다. 시간을 관리한 것이 아니라 저 자신이 시간에 이끌려 살아온 것입니다.

　저는 어렸을 때 참 많은 꿈을 가졌습니다. 그런데 나이를 먹어 가면서 잘 살겠다고 열심히 일은 했는데, 생각해 보니 꿈을 잃어버리고 있었습니다. 그저 하루하루 열심히 하는 것만 중요하게 여겼지, 정작 중요한 것이 무엇인지를 놓치고 살았던 것입니다.

　그러다 보니 어렸을 적에 저 자신과 했던 모든 약속이 다 깨져 버렸습니다. 또 그러니까 제가 꿈꿨던 일 중에 아무것도 현실적으로 일어난 것이 없었습니다. 제가 기대했던 모든 일들이 다 사라져 버렸던 것입니다.

　지금까지 살아 오면서 저는 다른 사람과의 약속은 그런데로 잘 지켰습니다. 그런데 정작 저 자신과의 중요한 약속은 지키고 있지 않았던 것입니다.

　더구나 사업 초창기에 일이 바빠지면서 이런 현상이 더욱 커졌습니다. 일을 위해서 다른 사람들과의 약속을 중요하게 여기다 보니까, 정작 저 자신하고의 약속을 어기게 되고, 그러다 보니까 저 자신이 시간에 끌려 다니고 있는 날들이 늘어난 것입니다.

　어느 날 제가 이런 모습을 보니까 이제 다시 꿈이 하나하나 꿈틀대더니 실체를 보이기 시작했습니다. 그리고 지금 그 실체가 제 앞에 현실로 나타나고 있습니다.

시간에 끌려 다니는 것이 아니라, 제가 주도적으로 저 자신과의 약속을 정하고, 시간을 끌고 다니다 보니까 제 꿈이 현실로 이뤄지기 시작한 것입니다.

처음에는 이뤄질 수 없을 것이라고 좌절도 해 보았지만, 지금은 길거리에서 연 매출 1억 원이 현실화 되었습니다. 불가능할 것만 같았던 포장마차에서 연 매출 1억 원을 올리자는 꿈을 이뤄낸 것입니다.

시간을 관리하기 시작하니까 정말 기적 같은 일이 벌어진 것입니다. 제 인생에 있어서 우선순위가 무엇인지 알고, 그대로 따라 해 보니까 저 자신이 순간순간 바뀌는 것을 알게 된 것입니다. 저에게 맞춰 시간을 쓰고, 그리고 그 시간에 맞춰 저를 디자인하다 보니까 놀라운 변화가 일어 난 것입니다.

길거리에서 이뤄 낸 연 매출 1억 원의 기적은 저를 새로 태어나게 만들었습니다.

저는 이런 일들을 경험하면서 '그래, 끝까지 나에게 맞춰 시간을 쓰자'고 다짐했습니다. 이것은 나를 바꾸는 일이니까 무슨 일이 있어도 꼭 해보자고 한 것입니다. 그랬더니 점점 상상도 못했던 일들이 벌어집니다. 저에게 기적 같은 일들이 연달아 벌어지기 시작한 것입니다.

저는 길거리 연 매출 1억 원에 만족하지 않고, 길거리 매장을 내 주는 프랜차이를 만들었습니다. 일에만 쫓기는 것이 아니라 시간을 관리하다 보니까 이런 아이디어가 떠오른 것입니다.

그동안 터미널이나 길거리 매장들이 경제불황으로 많이 문을 닫았습니다. 그런데 제가 프랜차이즈를 만드니까 곳곳에서 저의 회사의 문을 두드립니다.

터미널 매점이나 백화점 같은 곳에서 저에게 손을 내밀기 시작한 것입니다. 그래서 매장을 내주기 시작하다 보니 사업이 번창하게 되었고, 그러니까 이번에는 고급 음식을 다루던 카페 같은 곳에서도 문의가 들어오기 시작했습니다. 토스트를 길거리 음식으로나 여기던 사람들의 인식이 바뀌기 시작한 것입니다.

이런 일을 겪으면서 저는 크게 놀랐습니다. 뜻을 세우니까 제 뜻대로 이뤄지는 일들이 계속 벌어지기 시작한 것입니다. 길거리에서 휴게소 매점, 그리고 카페 같은 곳에 프랜차이즈를 내주다 보니 어느 새 대형 백화점에서도 매장을 내게 해 달라고 손을 내미는 것을 보고, 저는 더욱 시간관리의 힘을 실감하기 시작했습니다.

처음으로 평택의 애경백화점 2층에 제 매장이 들어 섰습니다. 예전에는 생각도 할 수 없었던 일입니다. 제 매장 옆에는 스타벅스, 던킨이 있습니다. 어느덧 제 매장이 이런 회사와 경쟁을 하는 위치에 서게 된 것입니다.

저는 이런 것들을 보면서 더욱 놀라기 시작했습니다. 사업에서 꿈을 이루고 보니, 이제는 사람들 앞에서 강의를 하는 명강사의 꿈이 기적처럼 찾아왔습니다.

지금까지 저는 두 사람 앞에 서서 이야기를 해 본 적이 거의 없었습니다. 그런데 이제 어느 새 수많은 사람들을 상대로 강의를 하고 있습니다. 이전에 저는 두 사람 앞에서도 얼굴이 홍당무가 되어 사람들 앞에 서는 것 자체가 두려움이었습니다. 그런데 이제는 이렇게 수많은 사람들 앞에서 강의를 하고 있습니다.

정말 이것은 저에게 기적 같은 일입니다. 저는 지금까지 날이면 날마다 이런 식으로 기적을 맛보고 있습니다.

처음에 길거리에서 포장마차로 시작한 제가 이제는 전국의 300여 개의 가맹점을 갖게 되었습니다. 제가 온 정성을 기울인 토스트가 전국 300여 개의 가맹점에서 동시에 팔리게 되었다는 사실이 저에게는 정말 기적이 아닐 수 없습니다.

# 

저는 애들이 네 명입니다. 요즘 저는 꿈을 꾸고 있습니다. 앞으로 집을 지으면 5층 집을 지어서 아이들에게 한 층씩 주기로 했습니다. 첫째 막내 가리지 않고 누구든 가장 많은 아이를 낳은 자식에게 맨 아래층을 주기로 했습니다.

저는 겉으로 보이는 집의 모양도 중요하지만, 그 안에서 누가 사느냐가 더 중요하다고 봅니다. 겉으로만 화려한 집이 아니라 그 속에 사는 사람들이 행복한 삶을 누려야 한다고 생각하기 때문입니다.

그래서 저는 가족들과 함께 행복을 꾸리는 시간을 만들고자 했습니다. 그러기 위해서는 먼저 가족들이 어울릴 수 있는 그 무엇이 필요하다고 생각했습니다.

저는 그것을 운동과 식사로 정했습니다. 가족들에게 운동을 함께 하고, 식사를 함께 하는 시간을 꼭 갖자고 했습니다. 제가 이렇게 정한 이유는 돈도 중요하고, 사업도 중요하고, 화려한 집도 중요하지만, 무엇보다 그것들을 통해 이루고자 하는 저와 가족의 행복이 더 중요하다고 보았기 때문입니다.

제가 운동과 식사를 가족이 함께 하자고 한 약속이 어찌 보면 간단하지만, 이 한 가지가 저에게 또 다른 수많은 기적을 이뤄

줄 것이라고 믿습니다. 이 두 가지 약속을 지키려면 무엇보다 가족 구성원들이 각자의 시간관리를 철저하게 해야 할 것입니다.

저는 이 약속이 저뿐만 아니라 제 가족들도 시간이 끌려 다니는 사람이 아니라, 시간을 끌고 다니는 사람이 되기를 바라는 소원이 이뤄질 것으로 보고 있습니다.

## 내 열정의 근원은 가족

저는 요즘 가족들과 시간 약속을 잡습니다. 그리고 이 약속은 꼭 지킵니다.

전에는 가족 간의 약속이 있어도 강의섭외가 들어오면 강의를 먼저 생각했습니다. 그런데 지금은 아무리 비싼 강의가 들어와도 가족 간의 약속을 우선으로 합니다.

"저를 생각해 주셔서 감사합니다. 그런데 저는 그날 가족과 소중한 약속이 잡혀 있습니다."

저에게 강의섭외를 해 오신 분들에게는 죄송하지만, 이런 식으로 저는 가족과의 약속을 지키기 위해 최선을 다하고 있습니다.

가족과의 식사는 간혹 외식도 중요하게 여기지만, 집에서 각자 음식 솜씨를 발휘하는 시간을 더욱 중요하게 여기고 있습니다. 그래서 우리는 집에서 각자 요리를 합니다. 그리고 각자 요리

발표 시간을 갖습니다.

저는 가족의 시간을 관리하기 위해서 지금은 철마다 가족동반 여행을 계획하고 있습니다.

금년에 제 아내가 저한테 중요한 하나의 약속을 받아 냈습니다. 두 달에 한 번은 꼭 우리들만의 대화 시간을 갖자는 것이었습니다. 저는 당연히 알았다고 했고, 이 약속을 지키기 위해 또 제 시간 관리를 하기 시작했습니다. 그리고 시간에 쫓기는 것이 아니라 시간을 끌고 다니기 위해 그 약속을 꼭 지키고 있습니다.

우리 형제는 6남 2녀로 8남매입니다. 전체가 모이니까 45명이 모였습니다. 이렇게 모이는 것은 정말 큰 일이 아닐 수 없습니다. 매번 이렇게 모인다는 것이 결코 쉽지 않은 일이기 때문입니다. 그런데 우리는 모이고 있습니다. 저는 이렇게 모일 때 생길 수 있는 문제점을 간단한 약속으로 해결해 놓았습니다.

그것은 식사가 끝나면 설거지를 남자가 하자는 것이었습니다. 실제로 우리집은 7년 전부터 식사가 끝나고 나면 남자가 전부 설거지를 합니다. 그뿐만 아니라 남자들이 솔선수범으로 커피까지 타 날라서 여성분들에게 제공까지 하고 있습니다. 만나면 서로 즐거워야 이런 모임이 가능한 일입니다. 그러기 위해서는 사소한 일에서 상대를 배려해야 서로 즐거운 자리를 만들 수 있을 것입니다.

사소한 일일지 모르지만 이런 일에 신경을 쓰지 않으면, 가족이 모일 때마다 여자들만 고역인 자리가 될 수 있습니다. 그러면 모임에 참석하기 싫은 핑계를 찾게 되거나, 모이더라도 형식적으로만 참석하고 서로 행복을 공감할 수 있는 자리는 만들어 지지 않을 것입니다.

# 가족에 쏟는 열정이 불러주는 기적

저는 꿈을 정해서 잘 보이는 곳에 붙여놓고 아침저녁으로 꼭 읽습니다. 그리고 지금은 그 꿈들을 하나하나 실현시키고 있습니다.

저는 지금 개인으로서의 꿈은 많이 이뤘습니다. 그리고 지금은 그룹의 회장이 되어서도 혼자 길거리를 걷는 여유를 갖겠다, 가족의 행복을 최우선으로 생각하는 초심을 잃지 않겠다는 꿈을 꾸고 있습니다.

또한 저는 사회적으로도 소박한 꿈을 꾸고 있습니다. 제가 일해서 번 만큼 정확히 세금을 내고, 국세청으로부터 표창도 받겠다는 꿈이 바로 그것입니다. 그리고 현재 그 꿈을 이루기 위해 항상 사회적으로 모범을 보이며 그 꿈을 이뤄가고 있습니다. 제가 한 순간 잘못된 생각이라도 했다면 지금의 저는 없었을 것이라는 생각에 더욱 그렇습니다.

지금 제가 이룬 모든 것을 이룰 수 있게 해 준 것은 제 속에 열정이 있기 때문입니다. 그런데 생각해 보니 그 열정의 근원은 바로 가족이었습니다. 그래서 저는 요즘 일에도 열정을 쏟고는 있지만, 무엇보다 가족에 더욱 열정을 쏟고 있습니다. 저는 가족을 떠올릴수록 제 속에서 솟아 오르는 열정을 느낍니다.

제가 "나의 열정을 불러 일으키는 것은 가족"이라고 말하는 이유가 바로 여기에 있습니다.

저는 잊지 않고 아내에게 하루에 꼭 한 번 해주는 것이 있습니다. 그것은 바로 아내를 안아주며, **"여보, 사랑해. 당신 덕분에 정말 정말 행복해."**라고 두 마디를 하는 것입니다. 저는 오늘 아침에도 그 말을 해주고 왔습니다. 처음에는 아내를 기쁘라고 해 준 것인데, 자꾸 이렇게 하다 보니까 오히려 제가 더 큰 기쁨을 얻고 있습니다.

요즘은 아침에 출근할 때 아내가 와서 진한 키스를 해줍니다. 그러면 저는 기쁜 마음으로 호응해 줍니다. 그것이 곧 제 연봉을 올리는 행동이라는 것을 아내가 잘 알고 있기 때문입니다.

앞에서도 밝혔지만 저는 요즘 제 열정을 가족에 쏟고 있습니다. 제가 가족에 열정을 쏟을수록 제 가슴 속에 더욱 큰 열정이 솟아오르기 때문입니다. 그리고 무엇보다 가족한테 열정을 쏟으니까 가족뿐만 아니라, 저 자신의 행복이 더 커지는 기적을 경험하고 있기 때문입니다.

세상에 무엇보다도 중요한 것은 계속 나를 바꾸고 행동으로 옮기는 습관입니다. 알고, 보고, 듣고, 감동 먹어도 실행이 없으면 아무 것도 이루어 지지 않기에 지금보다 더 나은 날들을 생각합니다.

나의 열정을
불러 일으키는 것은
마음의 에너지다

# ■ 이동환(李東桓)

이동환만성피로전문클리닉 원장

■ 강의분야
1) 건강 – 만성피로, 노화방지, 영양치료, 건강리더십
2) 뇌 경영 – 스트레스 관리, 성공을 위한 뇌 활용법
3) 동기부여 – 행복한 자기개발을 위한 몸과 마음의 관리!

■ 주요경력 및 자격
이동환가정의학과 만성피로전문클리닉 원장
만성피로 연구회장 (www.pirolab.com)
(사)한국강사협회 명강사 위촉– 제80호 (2008.7)
작곡가 (발라드), NLP 프렉티셔너 국제공인자격
(사)한국코치협회 인증코치, (사)한국강사협회 부회장

■ 주요강의경력
삼성전자, 현대기아자동차, SK C&C, 한국표준협회, 러너코리아,
(주)마임, DBM, 풀무원, 축협, 새마을금고연합회, 한국전력,
종로경찰서, 인천교육연수원, 한밭대학교, 한양대학교 등 다수 기업체
및 단체 출강, 차의과대학원, 연세가정의학심포지움, 대한가정의학회,
한방피부미용학회, 국제코엔자임큐텐학회. 임상노인의학회,
대한통합의학연구회, 서울시의사회연수강좌, 가정의학과의사회 연수
강좌 등 다수 학회 강의

■ 방송 및 인터뷰 경력
KBS, MBC, SBS, YTN, MBN TV 및 라디오에서 만성피로 전문의로
다수 출연, 월간조선, 시사저널, 내일신문, 뉴스피플, 건강누리,미즈내일,
클리닉 저널, 비즈니스매거진, PSI 컨설팅 등에 인터뷰 및 칼럼

■ 저서 및 작품
당신의 세포가 병들어 가고 있다 (동도원)
보완 대체의학의 임상응용과 실제 (공저)
비타민 치료 (공저), 코엔자임 Q10 (공저)
로봇의 마음을 훔친 병아리 (대림북스)
노래 '독도여 영원하라' – 독도가 달린다 주제곡

홈페이지: www.pirolab.com

저는 가정의학과 의사입니다.

어느덧 의사가 된 지 20년이 되었습니다. 이렇게 말씀 드리면 대충 제 나이를 아실 겁니다.

많은 이들이 저보고 '동안(童顔)'이라고 합니다. 그런데 사실 저의 이름이 바로 '동환'입니다. 모두 저에게 어릴 때부터 '동환아~'라고 불러줘서 제가 '동안'이 된 것 같습니다. 하하~

저는 열정이라는 단어를 보는 순간 이 자리에 모인 분들과 이 책을 펼쳐든 독자님들을 생각해 보았습니다. 우리가 무엇인가를 배우기 위해 한 자리에 모이는 것 자체가 열정이라고 보기 때문입니다.

저는 이제부터 제가 그 동안 의사로서 활동하면서 있었던 일들을 이야기하면서 '나의 열정을 불러일으킨 것'이 무엇인지 설명해 보겠습니다.

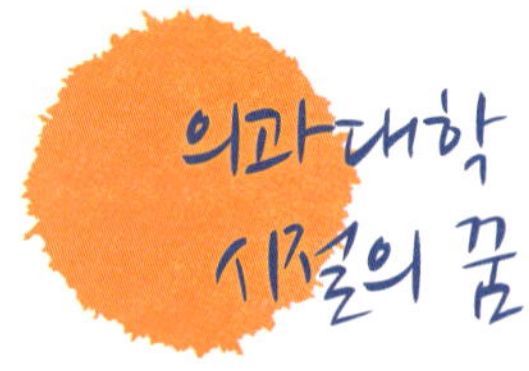

# 의과대학 시절의 꿈

저는 서울에서 1967년도에 태어났습니다. 그리고 고등학교를 졸업하고 바로 의과대학에 진학을 했습니다.

저는 의과대학을 선택할 때부터 이미 직업이 정해졌습니다. 물론 의과대학 과정 중간에 탈락하는 분들도 있겠지만, 의과대학에 합격한 이상 끝까지 버티어 나가면, 거의 다 의사가 되기 때문에 저도 입학과 동시에 이미 의사라는 직업이 결정되었다고 볼 수 있는 것입니다. 그러니까 저는 굉장히 빠른 19살이라는 나이에 이미 제가 원하는 꿈을 50%는 이루었다고 볼 수 있습니다.

제가 의과대학에서 정말로 선택하고 싶었던 전공은 정신과 의사였습니다. 사람의 마인드에 대한 매력을 가졌고, 또 정신과 의사가 되어 괴로움으로 힘들어 하는 사람 중에 한 명이라도 그 사람이 살아가는 마음을 바꿔 줄 수 있다면, 그것이야말로 굉장히 가치 있고 훌륭한 일을 하는 것이 아닌가 하는 생각을 했기 때문입니다.

그런데 저는 끝내 정신과를 선택하지 못했습니다. 왜냐하면 어렸을 때부터 꿈꿔왔던 청진기에 대한 매력을 포기하지 못했기 때문입니다. 즉 의사로서 심리적 문제를 해결해 주는 것도 아주 중요하지만, 육체적 질병을 치료하는 일반적인 의사에 대한 꿈을 떨칠 수 없었기 때문입니다.

하지만 저는 비록 정신과를 택하지는 못했지만, 제가 처음에 생각했던 대로 인간의 마인드에 대한 매력을 버리지 못해서 그와 가장 가까운 가정의학과를 선택했습니다. **가정의학과에서는 일반적인 질환들을 다룰 수도 있으면서, 아울러 심리 상담에 대해서도 공부할 수 있었습니다.** 그래서 저는 사람의 몸과 마음을 모두 치료할 수 있는 의사가 되고 싶은 꿈을 모두 이룰 수 있는 길을 선택한 것입니다.

## 일찍 이룬 꿈

저는 95년도에 군대를 갔습니다. 그때는 이미 인턴 때에 결혼을 하고, 애를 둘이나 낳았던 시기였습니다. 인턴 레지던트 과정을 마치고, 가정의학과 전문의 자격증을 취득하고, 군에 입대해서 군의관으로 복무를 하기 시작한 것입니다.

저는 군의관 시절이 제일 행복했습니다. 그 전까지는 의과대학, 인턴, 레지던트 시절을 거치면서 무엇에 쫓기듯 매우 바쁘게만 살아왔습니다. 그런데 그에 비해서 군의관 생활은 비교적 여유가 많았고, 그와 더불어 가족들과 함께 있는 시간도 많았습니다. 그러니까 저는 남들이 가장 힘들다고 생각하는 군복무 기간이 가장 여유가 많았던 시절이었습니다.

어쨌든 군의관으로 3년을 꼭 채워서 군복무를 마치고, 제대할 무렵에 저는 사회에 나가서 무엇을 할지 참 많은 고민을 해야 했습니다. 이제 독립된 의사로서 첫 발을 내딛게 되는데 개원을 해야 하는지, 아니면 대학에 다시 들어가서 교수의 길을 걸어야 하는지, 마음의 결정을 할 수가 없었습니다.

그런 고민을 하고 있을 때 부대에서 사주를 보는 분을 만났습니다. 저와 친한 위관급 장교인데, 제가 제대 후에 진로를 놓고 고민을 하고 있으니까 저에게 다가와서 이렇게 말했습니다.

"이 대위, 내가 사주 한번 봐줄까?"

사실 저는 천주교 신자이기 때문에 그런 것을 믿지 않았습니다. 그런데 그 순간만큼은 저 자신의 믿음이 약했고, 진로에 대해 쉽게 결정을 내릴 수 없어서 그냥 재미 삼아서 봐달라고 했습니다.

"이 대위는 선생님이 될 사주야. 사주대로 편하게 살려면 누군가를 가르치는 직업을 가지는 것이 좋을 거야."

저는 이 말을 듣고 그냥 피식 웃으며 말했습니다.

"의사 선생님도 선생님이니까 잘 된 거네요?"

그랬더니 이 분이 정색을 하며 장래를 생각하면 사주대로 대학에 가서 교수가 되어야 한다고 강조를 했습니다. 그래야만 내 인생이 편하게 풀린다는 것이었습니다.

어차피 재미로 호기심을 갖고 본 사주였지만, 그 이야기를 듣고 나니 머리가 더 혼란스러웠습니다.

'이대로 대학에 가야 하나?'

대학교에서는 교수가 되기 전에 거치는 연구 강사 제도가 있습니다. 그런데 그 과정이 보수도 적고 상당히 힘이 든 과정입니다. 대학에서 교수의 길을 가려면 반드시 그 과정을 거쳐야 하는데 저는 정말 자신이 없었습니다.

왜냐하면 그때 저는 이미 아이를 두 명이나 가진 가장이었습니다. 큰 아이가 유치원을 다니고 있는데, 가장으로서 한 가족의 생계를 책임져야 하기 때문에 선뜻 그 길을 택할 수가 없었습니다.

저는 고민 끝에 사주로 들었던 이야기를 한 쪽 귀로 흘리기로 했습니다. 그리고 제 뜻대로 일 년 동안 봉직의사로 병원에 들어갑니다. 그렇게 한 10개월 가량 근무를 하다가 독립을 했습니다.

그 후 1999년 3월, 드디어 저는 송파구에 개원을 합니다. 그리고 본격적으로 독립된 개원의로서 환자를 진료하기 시작했습니다.

저는 어렸을 때부터 동네의 마음 좋은 의사 선생님을 꿈 꿨습니다. 그러니까 그때 사실 제 꿈이 이뤄졌다고 볼 수 있었습니다. 저의 병원을 찾는 환자도 굉장히 많았고, 저는 금방 자리를 잡아서 모든 꿈을 이룬 것만 같았습니다.

병원은 그 당시 하루에 150여 명씩 진료를 했을 정도로 대단히 바빴습니다. 평일에는 저녁 9시까지, 토요일에는 5시까지 매일 진료를 했습니다. 일요일만 쉬고 다른 공휴일도 없이 진료에 매달렸습니다.

그 때 정말 많은 시간 일을 했습니다. 그리고 진료가 끝나면 밤에 집에 가서 맥주를 마시며 텔레비전이나 보다가 잠이 드는 그런 생활을 했습니다.

그런데, 그런데 말입니다. 제가 생각했던 모든 꿈을 이룬 것 같다고 생각하며 살았지만, 그때 저는 정말 행복하지 않았습니다. 지금 생각해 보니 그때 행복하지 않았던 이유는 새로운 꿈이 없었고, 그러다 보니 무슨 일을 하겠다는 열정이 없었기 때문이 아닌가 싶습니다.

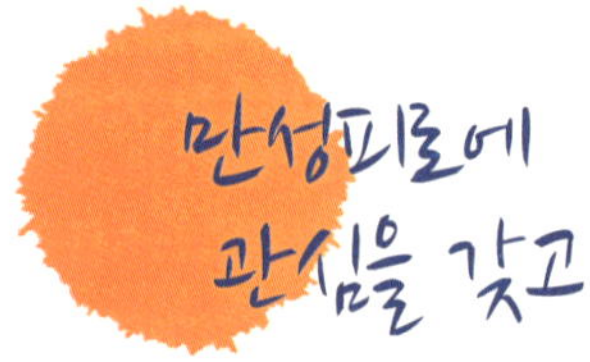

## 만성피로에 관심을 갖고

그런데 몇 년 후 저에게 다시 한 번 새로운 도전을 하게 만드는 기회가 왔습니다.

종합 병원에서는 분명히 병이 없다고 하는데, 항상 아프다고 찾아오는 환자들이 너무나 많았습니다. 최첨단 시설을 갖춘 종합병원의 검진으로는 병이 없는데, 건강하지 않은 환자들이 정말 많다는 사실에 저는 의문을 갖기 시작했습니다.

저는 그때부터 그 문제를 풀어 보고자 세포의 기능을 공부하는 기능의학에 관심을 가졌습니다.

'아, 여기에 종합병원의 검진으로도 나타나지 않는 환자들이 겪고 있는 증상의 원인이 있구나.'

기능의학에 관심을 갖고 공부를 하다가 어느 날 저는 깨달음과 같이 퍼뜩 떠오르는 생각에 손바닥으로 무릎을 탁 쳤습니다.

그 후 저는 원인 모를 만성피로 환자들의 원인을 찾는, 그 공부로 빨려 들어가게 됩니다.

"왜 쓸데없이 그런 공부를 하느냐?"

그 당시 주변에 있는 친구들이 이렇게 말했습니다. 그들은 한결 같이 가장 돈이 되는 미용 치료 쪽에 관심을 가져도 시원찮은데, 왜 돈도 되지 않는 사이비 같은 의학에 신경을 쓰느냐며

핀잔을 주기도 했습니다.

그러나 저는 확신했습니다. 제가 아는 한 기능의학은 분명히 과학적인 증거들이 충분했기에, 제가 모든 것을 걸고 공부할 가치가 충분하다고 생각했습니다.

앞으로 현대의학으로 해결되지 않는 증상을 가진 환자들이 많이 발생할 것이 분명한데, 그때는 반드시 지금 내가 힘들여 공부하는 기능의학이 꼭 필요할 것이라는 확신을 가졌던 것입니다. 그래서 저는 누구보다 더욱 열심히 공부를 했습니다. 주말마다 학회에도 나가 일요일도 없이 공부를 했습니다.

그렇게 3~4년을 공부하다 보니까 우리 병원에 환자들이 찾아오기 시작했습니다. 그런 환자들을 진료하면서 보니까, 참 신기하게도 종합병원에서도 검진으로는 이상이 없다고 해서 해결이 안 되었던 만성피로 환자들이, 제가 기능의학을 공부하면서 배운 것으로 치료에 접목하니까 좋아지기 시작한 것입니다.

그리고 그렇게 좋아진 환자들이 병원 홈페이지에 글을 남기며 저를 홍보해주기 시작했습니다. 누가 시킨 것도 아닌데 자발적으로 기적과 같은 진료경험을 했다고 홈페이시에 글을 올리기 시작한 것입니다.

그러다 보니 어느 날 갑자기 SBS 방송국 작가로부터 전화가 왔습니다. 홈페이지를 보고 만성피로에 대한 방송을 할 예정이니 만나자고 했습니다. 그리고 실제로 저를 평가해 보려고 직접 찾아 왔습니다.

2006년, 방송국 작가와 상담을 하고, 그 다음 주에 SBS 건강 스페셜에서 만성피로에 대해 30분짜리 방송을 했습니다. 그 다음부터 병원이 전국적으로 알려지면서 환자들이 찾아오기 시작했습니다.

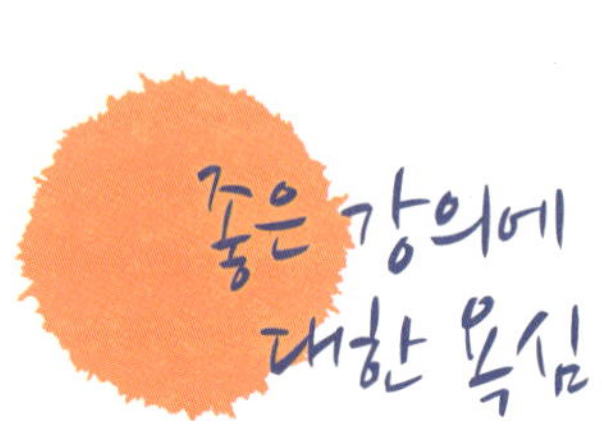

저는 그 이후로 많은 의사들한테 강의를 하기 시작합니다. 제가 처음 기능의학을 공부할 때는 관심이 없었던 많은 의사들이 차차 관심을 가지면서 강의 요청을 해 오게 된 것입니다.

그때 여러 세미나와 학회에서 만성피로에 대한 강의를 거의 2백 번 정도는 한 것 같습니다. 그 당시만 하더라도 만성피로에 대한 진료를 하는 의사가 거의 없었던 시기였습니다.

그렇게 강의를 많이 하던 차에 이왕이면 강의를 좀 더 재미있게 하고 싶은 욕심이 생기기 시작했습니다.

그래서 의사들을 상대로 강의를 할 때 조금이라도 재미있게 해 보려고, 재미있는 이야기나 슬라이드를 강의 중간에 넣어 보았습니다. 하지만 아무도 웃지 않고 분위기만 썰렁해졌습니다. 아무리 노력을 해도 청중의 반응은 거의 없고, 나는 그냥 지식을 알려주고 그들은 그것을 그냥 무표정하게 배우는 것뿐이었습니다. 마치 벽에다 강의를 하는 것처럼 느껴질 때가 많았습니다.

그때 어떻게 하면 좀 더 효율적으로 통하는 강의를 할까 고민을 하다가 마인드에 대해 눈을 뜨게 되었습니다. 내가 상대로 하는 많은 만성피로 환자들은 심리적 문제를 동반하고 있기 때문에 마인드가 중요하다고 생각했습니다. 만성피로를 치료할 때 세포 치료도 함께 이뤄지는데, 이때 세포치료는 마인드와 아주 긴밀하게 연결되어 있습니다.

저는 그 다음부터 마인드에 대해 공부를 했습니다. 그리고 배운 것들을 바로 환자들 치료에 적용하고, 그렇게 효과를 본 내용을 가지고 강의를 해보고 싶었습니다.

하지만 환자들은 계속 진료하고 치료를 해주면서 효과를 검증받고 있는데, 그 당시에는 이런 내용을 갖고 강의를 할 곳이 마땅치 않았습니다.

그런데 뜻이 있으면 길이 보인다는 식으로 제가 그런 마음을 먹고 있으니까 기회가 생겼습니다. 그것도 의사단체가 아닌 일반인을 대상으로 하는 자리였습니다.

그래서 강의 중에 마인드에 대한 부분을 함께 다루었는데, 청중들의 반응이 기대 이상으로 좋았습니다. 그뿐만 아니라 마인드에 대한 강의를 하면서, 저도 청중들의 에너지를 받아 들이게 되니 정말 행복한 감정을 느꼈습니다.

그 때 저는 처음으로 정말 훌륭한 강사가 되고 싶다는 생각을 하게 되었습니다.


이왕 강의를 할 거면 마음과 마음으로 통하는 강사, 마인드의 변화를 불러 일으키는 좋은 강사가 되어야겠다는 결심을 하게 된 것입니다.

2008년 봄부터 저는 아침 5시 반에 일어나 집 앞에 있는 공원에 가서 한 시간 동안 스트레칭과 산책을 하고, 명상과 기도를 하기 시작합니다. 지금도 명상과 기도를 항상 하고 있습니다. 그때 내가 명상을 하면서 품었던 생각은 오직 한 가지였습니다.

'내가 어떻게 하면 좋은 강사가 될 수 있을까?'

그 생각을 하다가 하루는 우연히 인터넷으로 명강사를 검색하기 시작했습니다.

『세계적인 명강사를 꿈꿔라.』

저는 그 곳에서 류석우 선생님의 책을 발견했습니다. 그래서 그 책을 당장 사서 읽었고, 그 후에 명강사와 관련된 책을 여러 권을 사서 모두 읽어 보았습니다.

그 중에 제일 재미있는 책이 류석우 선생님이 쓰신 책이었습니다. 저는 그 책을 보면서 류석우라는 사람이 궁금해져서 또 인터넷 검색을 해 보았습니다. 그러다가 한국강사협회를 알게 되었습니다.

그래서 그 즉시 한국강사협회의 회원으로 가입을 했습니다.

그때가 6월경이었는데, 회원으로 가입하면서 7월 말에 명강사 육성과정이 2박 3일 과정으로 있다는 것을 알게 되었습니다.

저는 이때 또 고민을 하기 시작했습니다. 명강사 육성과정에 참석을 하고 싶은데, 그러면 진료실을 3일이나 비워야 했기 때문입니다.

저는 일 년 중에 쉬는 때가 거의 없습니다. 더구나 3일을 비우는 것은 휴가가 유일했습니다. 저는 원래 8월 중순에 휴가를 갑니다.

그런데 그때가 마침 7월 말이었습니다. 그래서 저는 휴가와 명강사 육성과정 참가를 놓고 고민을 하다가 휴가를 포기하고, 명강사 육성과정에 참석하기로 결정을 합니다. 그리고 저는 가족들에서 선언을 했습니다.

"나는 이번 휴가를 포기했다. 그 시간에 명강사 육성과정을 다녀오겠다."

그러자 그 순간 가족들은 저를 포기하더군요. 후후.

어쨌든 저는 그렇게 고민 끝에 2박 3일 동안 명강사 육성과정에 참석했습니다.

지금 생각해 보면 그때 그 명강사 육성과정에 참석하게 된 것이 나에게 가장 큰 열정이 아니었나 하는 생각을 해봅니다.

그때 저의 열정이 통했는지 저는 그 명강사 육성과정을 통해서 한국강사협회 '제80호 명강사'로 선정되는 최고의 영예를 안게 되었습니다.

정말 행복과 기쁨이 넘치는 뜻깊은 여름이었습니다.

저는 마인드 에너지에 대한 공부를 더 하기 시작했습니다. 그리고 그것을 마침내 '로봇의 마음을 훔친 병아리' 라는 책으로 엮어 보았습니다.

'로봇의 마음을 훔친 병아리' 의 핵심은 '큐헴(QHEM : Quantum Human Energy Management)' 입니다.

인간은 누구나 마음의 힘이 있고, 이 힘을 잘 기른다면 스트레스를 이겨서 건강에 큰 도움을 받게 된다는 것입니다. 또한 마음의 힘을 잘 키우면 자신이 하고 싶은 일들을 잘 이루어 나갈 수 있다는 것입니다.

마음의 힘을 자신이 스스로 길러 나가는 기술이 바로 '큐헴' 의 핵심입니다.

우리들 마음은 어디에 있을까요?

한국 사람들은 마음이 가슴에 있다고 생각하지만, 서양 사람들은 두뇌에 있다고 생각합니다.

저는 브레인에 대한 공부를 하면서 두뇌 세포의 힘을 믿기 시작했습니다. 세포에서도 에너지가 나오고, 마인드에서도 에너지가 나오는데, 그러한 마인드 에너지를 키워나가고 활용하는 것은 우리들 마음에 있다는 것을 이해하기 쉽게 가르쳐 주기 위해 노력을 했습니다.

저는 제가 믿는 것에 대한 확신을 심어주기 위해 마음의 에너지에 대한 과학적 근거들을 찾기 시작했습니다. 그 중에 하나가 바로 '로봇의 마음을 훔친 병아리'의 이야기입니다.

2002년에 프랑스의 르네라는 의사가 발표한 아주 재미있는 논문이 있습니다. 그 논문의 핵심은 다음과 같습니다.

커다란 상자에 로봇을 놓았습니다. 그것은 무작위로 움직이게 만든 로봇입니다. 로봇은 네모난 상자에서 자유자재로 골고루 움직였습니다. 로봇의 동선을 사진으로 찍어보니 그림과 같이 사방에 골고루 퍼져 있었습니다.

그리고 다음에는 상자 한 귀퉁이 밖에 알에서 막 깨어난 병아리 한 마리를 놓고, 다시 한 번 상자 안에 나타난 로봇의 동선을 확인해 보았습니다. 그랬더니 신기하게도 로봇의 동선은 그림과 같이 병아리가 있는 쪽으로만 쏠려 있는 모습을 보였습니다.

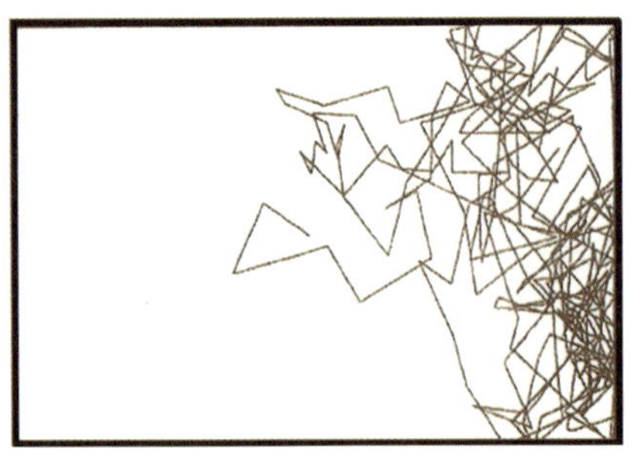

  이 의사는 조류들이 알에서 부화돼 태어난 순간 처음 본 움직이는 물체를 자신의 어미로 인식한다는 특성을 실험에 이용했습니다. 즉 병아리가 처음 태어났을 때 로봇이 움직이는 것을 보여줘 그 로봇을 어미로 인식하게 한 것입니다. 그리고 그 병아리를 상자 밖에 놓아두자, 그 병아리가 로봇을 자신의 어미로 생각하고, 어미를 부르는 간절한 마음으로 로봇을 끌어당긴 힘을 증명해 보인 것입니다.

  로봇은 마음이 없는 물질이지만 상자 안에서 병아리가 엄마를 부르는 간절한 마음의 힘에 끌림을 받아 병아리가 있는 귀퉁이로만 움직임이 쏠리는 현상을 보여 준 것입니다.

  이 놀라운 실험의 결과가 보여주는 것은 무엇이겠습니까? 바로 마음의 힘은 그만큼 크다는 것입니다. 일반적으로 마음은 생명체끼리 강하게 작용을 하는 것으로 알려져 있습니다. 그런데 이 실험의 결과를 보면 마음의 힘은 생명체뿐만 아니라 무생명체인 로봇에게도 강력하게 작용을 해서 한쪽으로만 쏠리는 움직임을 보이게 만든 것을 알 수 있는 것입니다.

  독자님들께도 이쯤에서 묻고 싶습니다. 과연 이 연구 사실을 믿을 수 있겠습니까? 아니면 믿지 못하시겠습니까?

믿고 안 믿고는 우리의 자유지만, 엄연한 사실은 우리가 믿든 안 믿든 마음의 힘은 그만큼 강력하다는 것입니다. 우리는 이 사실만큼은 확실하게 인식해야 합니다.

사실 이 연구는 아주 치밀하게 계획되어진 연구입니다.

2002년 9월 1일자, 초심리학 학술지인 <Journal of Parapsychology>에 프랑스의 의사 르네 (Rene Poec' h)가 발표한 논문입니다. 무작위로 움직이는 로봇(REG: Random Event Generator)을 이용해서 동물(병아리)의 마음의 힘을 증명함으로써 인간의 마음의 힘도 믿을 수 있는 과학적 근거를 마련한 것입니다.

이 실험은 1980년부터 시작해서 꾸준히 발전되어 온 실험입니다. 로봇 기술이 발전하면서 점차 무작위 로봇에 대한 실험을 더욱 정확하게 할 수가 있었습니다.

이 실험은 그 과학적인 근거를 뒷받침하기 위해 로봇을 어미로 각인시키지 않은 병아리로도 수 십 차례 똑같은 실험을 해보았습니다. 그러나 알에서 깨어날 때 각인시키지 않은 일반 병아리들로 실험을 했을 때는 로봇의 동선이 병아리가 없을 때와 똑같은 모습을 보였습니다.

그런데 로봇을 어미로 각인 시킨 병아리를 놓아두면, 마음의 힘이 작용을 해서 이 병아리가 있는 쪽으로 동선이 쏠리는 현상을 보이는 것이 무려 71%에 이르렀습니다.

이것이 바로 마음의 에너지인 것입니다. 이것에 대한 구체적

인 설명은 <로봇의 마음을 훔친 병아리>라는 제 책에 나와
있습니다.

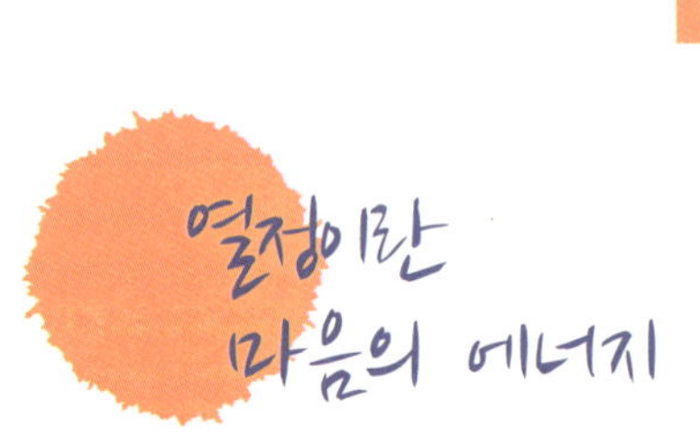

## 열정이란 마음의 에너지

저는 마음의 에너지를 과학적인 근거 자료를 바탕으로 강조하기 위해 노력하고 있습니다.

저는 이 마음의 에너지를 이해하기 위해 양자물리학에 관심을 갖기 시작했습니다. 양자물리학은 아주 어려운 학문이라서 이것을 이해하기 위해서 처음에는 '초등학생을 위한 양자물리학'이라는 책부터 읽기 시작했습니다.

그랬더니 조금 감이 잡히고, 그 다음 단계, 또 그 다음 단계의 책을 읽어가면서 조금 이해를 하기 시작했습니다. 그리고 점차 에너지의 파동을 이해할 수 있게 되었습니다.

저는 마인드 에너지에서 나오는 열정은 분명히 있다고 확신합니다.

"무의식 속에 있는 마음의 에너지는 매우 크니까, 그 마음을 어떻게 바꿀 것인가를 같이 노력해 봅시다."

제가 환자들한테 항상 하는 이야기입니다. 병에 걸렸을 때 무엇보다 먼저 마인드 에너지를 바꾸어 주면 그 환자는 비로소 치료를 위한 열정을 갖게 되고 몸도 좋아지기 시작합니다.

저는 특강으로 중년의 나이에 있는 분들에게 건강에 대한 강의를 하는 경우가 많습니다. 그러다 보니 처음에는 반응이 썰렁할 때가 많습니다. 처음에는 저의 말에 쉽게 마음을 열어 놓지 않기 때문입니다.

그런데 강의가 진행되면서 마인드 이야기를 하고, 열정 이야기를 하면 그때부터 호응을 보이기 시작합니다. 제가 아무리 새로운 지식을 설명해도 호응을 보이지 않던 이들도 제가 마인드에 대한 이야기를 하면 금방 호응을 보여 오는 경우가 많습니다. 저는 그것이 바로 마음과 마음이 통했기 때문에 가능한 일이라고 확신을 합니다.

저는 지금까지 많은 환자들을 대했고 수많은 강의 자리에 섰습니다. 그때마다 제가 가장 열정을 느꼈을 때가 언제였나를 생각해 봅니다. 저는 사람들하고 마인드 이야기를 나눌 때가 가장 큰 열정을 느끼고 있습니다.

그런 점에서 저는 강사들을 만날 때 가슴 뛰는 열정을 느끼곤 합니다. 강사들은 무엇보다 마인드로 강의를 했던 경험이 있기 때문에 통하는 것이 있기 때문입니다. 그들을 만나 이야기를 나누다 보면 항상 새로운 것을 추구하고, 새로운 것을 받아들이는 마인드가 강하다는 것을 알게 됩니다.

그들 속에 있으면 나도 모르게 열정이 솟아오르는 이유도 여기에 있습니다. 열정이 넘치는 이들 속에서 열정이 샘솟기 때문입니다.

그래서 저는 **"나의 열정을 불러 일으키는 것은 마음의 에너지다."**라고 자신 있게 말합니다. 마음의 에너지가 통할 때 가장 뜨거운 열정이 솟아나는 것을 수없이 경험하고 있기 때문입니다.

# 나의 열정을 불러 일으키는 것은 꾸준함이다

## 김효석(金孝錫) ■

㈜김효석아카데미 대표

## 강의분야

카리스마 설득화법, 보이스 트레이닝
세일즈 스킬, 프리젠테이션

## 주요경력 및 자격

전 평화방송 아나운서
CJ 홈쇼핑 쇼호스트 팀장
현 공주영상대학 쇼핑호스트과 교수
(주)김효석아카데미 대표
(사)한국강사협회 명강사 위촉(제 79호)
(사)국민성공시대 대한민국 대표강사 33인 선정
지도자 아카데미 1기 수료 - 한국지도자아카데미
SMCC 전략컨설팅 과정 수료 - (주)루트컨설팅
성공센타 강사과정 수료 - 세계화전략연구소

## 주요강의경력

- 쇼호스트 시절 연매출 1,360억(평균 분당900만원)기록
  2시간에 52억 매출 3년 연속 매출1위, 달성율 1위,
  최다방송 1위, 중국호남성 TV쇼호스트교육 등
- 8년간 삼성전자의 전문 프리젠터로 활약하고 있으며,
  삼성생명, 동부화재, 동양생명, 국민은행 등 대기업에서 보이스
  코칭과 설득화법을 강의하고 있음

## 방송 및 인터뷰 경력

평화방송, 홈쇼핑, SBS, MBC, KBS 등에 다수 출연
지상파CF: 네이트, SK텔레콤, AIG손해보험 등

## 저서 및 작품

세일즈 전사로 다시 태어나기 2003년
쇼호스트 입문 2008년
카리스마 세일즈화술 2009년
행복하라 그리고 성공하라(공저) 2010년

개인 블로그(http://blog.naver.com/musictim)
김효석아카데미(http://www.kimhyoseok.com)

# 들어가며

　저는 강사의 입장에서 우리는 어떻게 열정적으로 살고, 교육생들에게 어떻게 열정을 불러 일으켜 줄 것인가에 대해 초점을 맞춰 보았습니다.

　나의 열정을 불러 일으키는 것에 대한 글을 쓰기 위해 그동안 제가 쭉 써왔던 글들이 모여 있는 제 개인 블로그(http://blog.naver.com/musictim)에서 '열정' 이라는 글을 쳐 보았습니다. 그랬더니 수많은 글들이 나왔습니다.

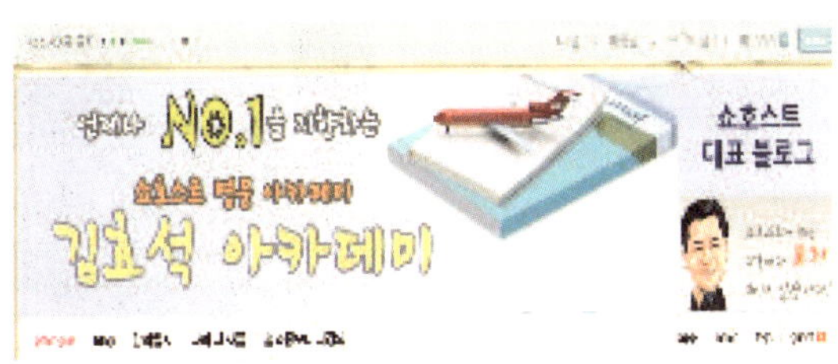

　제 블로그에는 그 동안 시간이 날 때마다 짬짬이 써 올렸던 글들이 1,500개 정도가 되었습니다. 그 중에 가장 많이 나오는 말이 '열정' 이었습니다.

　이제 불혹을 넘긴 지 얼마 되지 않았지만, 그래도 저 나름대로 열정적으로 살아왔다고 자부하고 있습니다. 그 열정이 있었기에 오늘 날 제가 있었고, 앞으로도 제가 살아가면서 가장 큰 버팀목으로 삼아야 할 것이 열정이라 생각합니다. 열정을 빼 놓은 저의 삶은 생각할 수 없기에 그만큼 열정이란 말에 생기를 느끼곤 합니다.

새삼스럽게 '열정'을 주제로 제 삶을 되돌아 보니 제 삶의 거의 전부를 차지하고 있는 것이 바로 '열정'이 아니었나 싶은 생각이 듭니다.

그래서 오늘 날의 제가 있기까지 저에게 끊임없이 열정을 불러 일으킨 것은 무엇이고, 또 그 열정의 불쏘시개 역할을 해서 끊임없이 열정이 식지 않도록 자극해 준 것이 무엇인가 짚어보겠습니다.

많은 글 중에 특히 제 눈을 고정시킨, 2008년 2월 15일에 쓴 '열정'이라는 글을 다시 정리해 보니 다음과 같은 내용이 있습니다.

…그때 콜레라가 창궐했는데, 중국에서만큼은 콜레라가 번지지 않았습니다. 그 이유를 알아 보니 중국 사람들은 물을

끓여서 마셨기 때문에 콜레라가 사람의 몸에 파고들 틈이 없었기 때문이라는 것입니다. 중국 사람들이 차를 마시기 위해 항상 물을 끓여서 먹는 습관이 콜레라를 이겨낸 것입니다.

그것을 알고 미국에서는 콜레라를 예방하기 위해서 정책적으로 "물을 끓여서 마셔라!"고 홍보를 했습니다. 그런데 그럼에도 불구하고 필리핀 사람들은 콜레라에 더 시달려야 했습니다.

"물을 끓여서 마셔라!"

그들은 이 말을 듣고 물을 끓이면 그 물이 약이 되는 줄 알았던 것입니다. 그래서 그들은 미국에서 콜레라 예방책으로 제시한 것을 그대로 믿고, 약으로 끓인 물을 한 숟갈씩 떠서 마셨다는 것입니다.

"물을 끓여서 마셔라!"

이 말의 뜻을 완전히 잘못 알아 들었던 것입니다.

평소에 물을 끓여서 마셔야 하는데, 콜레라를 이겨보겠다고 몇 차례에 걸쳐 약으로 한두 숟갈 떠서 마셨으니, 아무런 효과도 볼 수 없었던 것입니다.

열정도 이와 같습니다. 한 순간의 열정으로는 큰 효과를 볼 수가 없습니다. 평소에 끓인 물을 꾸준히 먹어야 콜레라를 이길 수 있듯이, 열정도 평소에 꾸준히 가슴에 품어야 그 힘을 발휘할 수 있습니다.'


열정이라고 하면 많은 이들이 2002년 한·일 월드컵을 떠올립니다. 온 나라를 붉은 색 유니폼으로 물들이다시피 했던 그 여름, 온 나라가 월드컵 4강 신화로 열광했습니다. '붉은 악마'라는 축구 응원단이 보여준 열광적인 응원문화는 세계인에 당당하게 내 놓을 만한 우리 민족의 저력이기도 했습니다.

그런데 지금은 어떤가요?

2002년 당시 온 국민의 영웅이
되다시피 했던 월드컵 전사들은 지
금 어떤 모습을 하고 있나요? 박지
성을 비롯한 그 당시에 영웅이었던
선수들의 모습은 이제 그때 만큼
자주 매스컴에 나오지 않습니다.
2002년 월드컵 때 보여 주었던

우리 민족의 열정을 언제 또다시 볼 수 있을지 아무도 모릅니다.
너무 쉽게 확 달아올랐다가 언제 그랬냐는 듯이 너무 쉽게 확
꺼져 버린 까닭입니다.

## 우리나라 홈쇼핑의 특징

흔히 우리 나라 사람들의
특성을 냄비로 표현하는 경
우가 많습니다.

"빨리! 빨리!"

이 말은 한때 우리 나라 사람들의 근성을 가장 짧게 표현한
대표적인 말이었습니다. 이 속에는 너무 쉽게 끓었다가 너무 쉽
게 식어 버리는 냄비와 같은 근성을 지녔다며 우리를 비하시키

는 표현이기도 했습니다.

　그래서 냄비 근성이라는 말을 부정하는 사람들도 많습니다. 우리 나라 사람을 비하시키는 표현으로 받아 들일 수 없다는 것입니다. 우리는 외세의 침략을 많이 받아 은근과 끈기를 지닌 민족이기에 냄비 근성이라는 표현은 일부에게 국한되는 것이지 우리 나라 사람들 전체를 표현할 수는 없다는 것입니다.

　그런데 저는 우리 나라 사람들이 정말 냄비와 같이 쉽게 뜨거워졌다가 쉽게 식어버리는 근성을 지녔다는 말에 수긍을 합니다. 왜냐하면 저는 직업상 홈쇼핑을 하면서 우리 나라 사람들이 지니고 있는 냄비 근성을 수없이 직접 겪어 봤기 때문입니다.

　제가 경험한 바에 의하면 정말이지 우리나라 사람들은 성격이 참 급합니다. 홈쇼핑을 할 때 방송을 시작하면 금방 전화가 옵니다. 정말 엄청 나게 옵니다. 냄비처럼 금방 달궈져서 금방 전화를 걸어 물건을 신청하는 것입니다.

　그러다가 방송이 끝나면 언제 그랬냐는 듯이 금방 주문전화도 끊어져 버립니다. 방송이 끝나기가 무섭게 방송에서 나왔던 상품에 대한 구매열기가 금방 식어 버리는 탓입니다.

**■ 중국 홈쇼핑 교육모습**

저는 요즘 중국 홈쇼핑에 진출을 했습니다. 우리나라처럼 방송에 직접 출연해서 멘트를 하거나 물건을 파는 것은 아니고, 한국의 홈쇼핑 기술을 중국 사람들에게 가르치는 것입니다.

중국은 2004년 이전까지 사실상 홈쇼핑에 대해서 아무도 몰랐습니다. 그때 중국에서 홈쇼핑에 관심을 가지고 있던 분들이 저한테 배워서 중국의 홈쇼핑을 시작했습니다.

그 당시 저는 중국 사람들에게도 우리 한국식으로 홈쇼핑을 가르쳤습니다. 그때 저는 중국 소비자에 대한 인식이 전혀 없었습니다. 아니 중국과 우리 나라 사람들의 차이에 대해서 전혀 알 수가 없었습니다.

그래도 저는 우리 나라 홈쇼핑에서 성공을 했다고 자부했기에 제가 알고 있는 대로만 가르치면 되겠다고 쉽게 생각한 측면도 있었습니다. 또 그들도 자기 나라에서 처음으로 홈쇼핑을 해보는 것이기 때문에, 그래도 우리 나라에서 성공한 대로 그냥 제가 아는 대로 강의해 주길 바라고 있었습니다.

그래서 저는 저 나름대로 열정을 갖고 그들에게 제가 아는 홈쇼핑 기술을 그대로 전수했습니다. 마침내 교육을 마치고 본격적인 방송을 시작했습니다.

‘아, 이게 무슨 일인가?’

처음으로 홈쇼핑이 방송되었을 때 저는 열정을 쏟아 부은 만큼 반드시 성과가 있을 것이라고 내심 자부하고 있었습니다. 그런데 이게 웬일입니까?

분명히 내가 가르친 대로 방송을 하면 시작 후 7분 정도가 지나면 주문이 들어와야 하는데, 우리 나라에서는 그때부터 정신없이 주문이 들어오기 시작했는데, 이곳 중국에서는 7분이 지나고 나서도 전혀 주문이 없는 것이었습니다.

“교수님, 왜 주문이 없죠?”

시간이 지나자 조바심이 난 제자가 이렇게 질문을 했습니다. 저 역시 이런 경험을 처음 해본 지라 망연자실 어떻게 해야 할 줄 몰랐습니다.

그때는 정말이지 저 자신이 처참하다는 생각을 했습니다. 제자들뿐만 아니라 중국의 관계자들에게 몸 둘 바를 몰랐습니다. 쥐구멍이라도 있으면 숨어들고 싶다는 표현이 이럴 때 쓰는 말이 아닌가 하는 생각도 들었습니다.

엎친 데 덮친 격으로 주문 전화는 방송이 끝날 무렵까지 거의 오지 않았습니다. 방송이 되는 내내 저는 처참한 실패감에 젖어 들고 있었습니다.

“교수님, 전화가 오기 시작합니다.”

그런데 방송이 끝날 무렵에 희소식이 들려오기 시작했습니다. 정말이지 참담한 생각에 몸 둘 바를 모르고 있는데, 주문 전화가 오기 시작하는 것이었습니다. 그리고 방송이 끝나니까 본격적으로 전화가 오기 시작했습니다.

우리나라는 방송이 시작되면 전화가 오기 시작해서 방송이 끝나면 전화도 거의 끊기는데, 중국은 방송을 할 때는 한 통화도 없던 전화가 다음 날까지도 계속 이어져 온 것입니다.

## 열정과 흥분의 차이

　　중국 사람들은 물건 하나를 고르는 데도 만만디 성격을 드러낸 것입니다. 방송을 보면서 끊임없이 고민하고, 판단하면서 방송이 끝난 다음부터 선택을 하기 시작한 것입니다.

　　그에 비해 우리나라 사람들은 굉장히 빠릅니다. 방송이 시작되면 금방 달아올라서 곧바로 선택하고, 방송이 끝나자마자 금방 식어서 언제 그런 것이 있었냐는 듯이 신경을 끊는 것입니다.

　　물론 저는 여기에서 우리와 중국 사람들의 성격을 비교할 의도는 전혀 없습니다. 우리나라 사람들의 냄비 근성을 비하할 생각은 정말이지 눈꼽만큼도 없습니다.

　　저 역시 많은 사람들이 국가 간의 경쟁력이 치열한 세계화 시대에는 '냄비 근성'이 우리나라가 다른 나라에 비해 신기술 개발에서 가장 앞서가는 경쟁력을 갖추게 만든 원동력이라는 말에 부분적으로 동의도 합니다.

　　중요한 것은 우리가 이런 '냄비 근성'에 좋은 점만 바라봐서는 안 된다는 것입니다. 좀 더 나은 쪽으로 나아가려면 '냄비 근성'의 좋은 점만 바라볼 것이 아니라, 이런 근성 속에 숨어 있는 부정적인 부분을 보완해 나가는 노력이 필요한 것입니다.

앞에서 말씀드린 대로 중국 홈쇼핑에서 겪었던 경험을 바탕으로 했을 때 우리 나라 사람들은 아무리 부정하고 싶어도 '냄비 근성'이 있다는 것을 먼저 알아야 한다고 봅니다. '냄비 근성'이 나쁘니까 버려야 한다는 것이 아니라 적어도 내가 무엇엔가 쉽게 달아오르고, 쉽게 식어버리는 민족적인 습성을 어느 정도 내면 속에 가지고 있다는 것을 인정해야 한다는 것입니다.

저는 이런 것을 바탕으로 열정에 대해 접근해 볼까 합니다. 제가 생각하는 열정은 먼저 '냄비 근성' 속에 담겨 있는 속성을 구분해야 한다고 보기 때문입니다.

우리 나라 사람들은 정말 금방 타올랐다가 금방 꺼지는 속성이 있습니다. 우리는 강의를 들을 때도 '아, 좋아. 한번 해봐야지.'라고 열정을 불러일으키는 경우가 많습니다.

"최고의 강의였어요."

"제 마음을 울리는 감동적인 강의였습니다. 저도 말씀하신 대로 꼭 실천하겠습니다."

그러나 현실은 어떻던가요? 강의장을 떠나서 돌아서면 금방 잊어 버리는 것이 우리의 현실입니다. 작심삼일이라는 말이 괜히 있는 말이 아닌 것이죠. 이런 것을 우리는 과연 열정이라 할 수 있을까요?

2002년 한일 월드컵에서 보여주었던 뜨거운 열기는 금방 식어 버렸습니다. 얼마 전에 어린 여자 축구선수단이 세계 대회에서 우승을 하자 사람들이 얼마나 뜨거운 열기를 보여주었던가요? 실제로 선수단이 귀국해서 국내대회에 스타들이 나서기 시작하자 여자 축구 경기장을 찾는 사람들이 잠시 늘어났었지만, 그것도 잠시 금방 식어 버렸다는 소식도 들려 옵니다.

저는 열정이란 이렇게 작심삼일로 끝나는 것이어서는 문제가 있다고 봅니다. 잠시 뜨겁게 타올랐다가 꺼지는 것은 열정이라기보다 잠시 흥분한 상태라고 보는 것이 좋지 않을까요? 열정이란 흥분한 상태와 분명히 달라야 한다고 봅니다. 잠시 흥분한 상태의 감정으로는 이룰 수 있는 것에 한계가 있기 때문입니다.

## 강사의 사명은 열정을 유지시켜 주는 것

저는 우리 강사들이 이런 점을 염두에 두고 교육생들에게 열정을 불러일으켜 주는 방법을 찾아야 한다고 봅니다.

강의를 듣고 불러 일으킨 열정을 오래 가게 하는, 흥분했다가 돌아 서면 금방 식어 버리는 냄비 같은 것이 아니라, 가슴 속에 불씨를 안고 꾸준히 타올라 가마솥을 끓어 오르게 하는, 그런 뜨거운 열정을 불러 일으켜 주는 방법에 대해 고민을 해야 한다고 봅니다.

　그래서 저는 열정은 끓어 오르는 것만이 아니라, 그것을 얼마나 길게 끓어 오르게 하느냐에 그 중요성이 있다고 생각합니다.

　왜냐하면 지금 생각해 보니 저에게 열정을 끓어 오르게 한 것은 한 순간에 확 달아 오르는 것이 아니라 무엇이든지 한번 결심했으면 그것을 꾸준히 해 나간 뚝심에 있었다고 자부할 수 있기 때문입니다.

　염전에 바닷물만 계속 채운다고 소금이 되지 않습니다. 햇빛을 꾸준히 쬐고, 가래로 계속 뒤집어 주어야 소금이 되는 것이지, 많은 소금을 만들겠다는 욕심에서 마르기도 전에 바닷물만 채운다면 소금은 영원히 만들어지지 않습니다.

　많은 사람들이 자기계발 관련 책을 읽고, 많은 강의를 듣지만, 배운 것을 실천에 옮기거나, 꾸준하게 지속하는 사람은 드뭅니다. 이런 사람들은 여기저기 찾아 다니며 좋은 강의를 듣고 매순간 끓어 오르는 열정으로 가슴 벅차 하는 경우는 많지만, 그것을 끝까지 유지시켜 무엇인가 원하는 것을 얻어내지 못하는 경우가 많습니다. 오직 강의를 들을 때만 열정이 일었다가, 시간이 지나고 나면 언제 그랬냐는 듯이 금방 식어 버리는 것입니다. 마치 소금을 얻겠다고 염전에 계속 바닷물만 채우는 사람들이라고 볼 수 있습니다.

　진정으로 열정을 불러 일으키는 강의를 하고자 하는 강사라면 이런 사람들을 결코 지켜 볼 수만 없다고 봅니다. 저는 특강을

하더라도 한 순간의 흥분 상태를 이끌어 올리는 것으로만 강의
를 끝낼 것이 아니라, 그렇게 끓어 오른 열정을 꾸준히 유지하고
실천해 나갈 수 있도록 그 방법을 끊임없이 제공해 주는 것이
바로 우리 강사들의 역할이라고 생각합니다.

　저는 강의를 할 때마다 항상
빼 놓지 않고 저의 멘토이신 이
영권 박사님을 소개합니다.
　저는 제 인생에 있어서 이 분
을 알게 되고, 이 분과 관계를
유지해 오면서, 그동안 곁에서 보고 느끼고 배운 것이 참으로
많습니다. 저는 이 분이야말로 제가 추구하는 꾸준한 열정을
갖춘 대한민국의 대표선수라고 생각했습니다.
　그래서 저는 이 분을 믿고 이 분이 하는 대로 따라만 가면 되
겠다고 생각했습니다. 그리고 이 분을 롤 모델로 삼아 꾸준이 따
라 한다면 저도 똑같은 열정을 갖게 되지 않을까 생각했습니다.
　그래서 실제로 이 분을 모델로 삼아, 이 분이 하는 것을 그대
로 따라 했습니다.
　저는 지금도 이 분의 홈페이지에 수시로 글을 씁니다. 그리고

이 분이 한 것을 똑같이 따라 합니다.

저는 이 분이 하는 대로 아침 일찍 일어나기 위해 최선을 다하고 있습니다. 물론 이 분은 새벽 3시에 일어나기에, 저는 학원을 운영하느라 밤 늦게까지 일을 하는 경우가 많아, 그것을 그대로 따라 할 수는 없었습니다. 그대로 시간마저 똑같이 따라 했다가는 잠이 부족해서 몸이 버틸 수가 없었기 때문입니다. 대신 저는 이 분이 새벽 3시에 일어나는 정신을 본받아 일반인보다는 좀 빠른 새벽 5시에 꼭 일어납니다.

그리고 108배를 합니다. 제가 108배를 하는 것은 신앙이 불교이기 때문이 아닙니다. 저는 강의할 때마다 항상 제 종교는 천주교라는 것을 밝히고 있습니다.

그런데 제가 108배를 하는 이유는 텔레비전 다큐 프로그램을 통해 108배가 건강에 좋다는 것을 보고 배웠기 때문입니다. 아침마다 무엇인가 건강을 위해 꾸준히 할 수 있는 것을 찾다 가장 손쉽게 할 수 있는 108배를 택한 것입니다.

어느덧 제가 108배를 한 지 오늘로 750일이 되어 갑니다. 저는 매일 108배를 할 때마다 이영권 박사님 홈페이지에 문안 인사를 올립니다. 오늘은 '750번째 108배를 하고 나시…'리고 문안 인사를 올렸습니다.

저는 새벽 5시에 일어나 108배를 마치고 문안 인사의 글을 쓰면서 저의 열정이 식지 않도록 노력하는 것입니다.

앞에서 말씀드렸듯이 금방 달아 올랐다 식어버리는 열정이 아니라 꾸준히 불씨를 이어가며 가마솥을 끓이는 열정을 지켜나가고 싶은 의지의 표현입니다.

그러면 박사님은 반드시 24시간 내에 댓글을 달아 주십니다.

750일 동안 거의 빠지지 않고 댓글을 달아 주신 것입니다.

오늘 아침에도 문안 인사를 올리고 이 글에 필요한 자료를 만들려고 캡처하려고 했더니, 그 사이에 금방 댓글을 달아 주셨습니다.

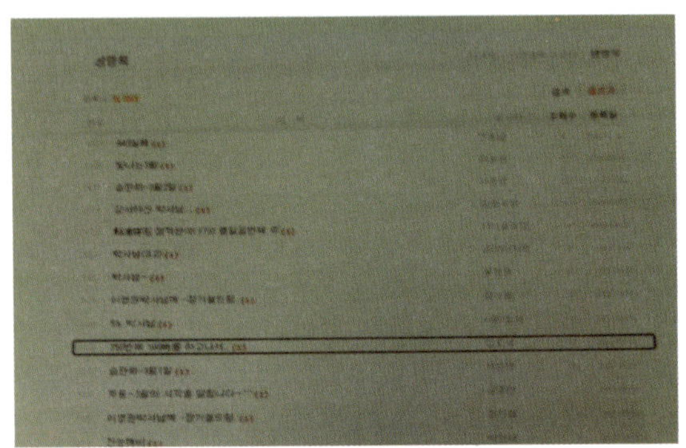

박사님은 글을 남기면 이처럼 반드시 댓글을 달아 주십니다. 꾸준하게 댓글을 달아 주시고 멘티들을 관리해 주시는 분입니다. 비록 짧은 글이지만 저에 대한 관심을 표현해 주시는 것만으로도 저는 큰 힘을 얻습니다. 제가 꾸준하게 새벽 5시에 일어나 108배를 이어갈 수 있는 힘을 실어 주시는 것입니다.

저는 '쇼호스트 양성학원'을 8년째 운영하고 있습니다. 그동안 저한테 배워서 쇼호스트로 진출한 제자들도 수없이 많습니다.

저는 우리 학원에 입학한 학생들을 학원에서만 가르치지 않았습니다. 우리 학원에 학생이 입학을 하면 그들의 기상시간을 꼭 체크했고, 지금도 그렇게 하고 있습니다.

쇼호스트 지망생 중에는 직업이 없는 취업준비생들이 많습니다. 그들은 취침과 기상 시간이 일정하지 않습니다. 그러다 보니 그들은 하루 일과가 규칙적이지도 계획적이지도 않습니다. 진정 프로 정신을 갖춘 쇼호스트가 되려면 이런 마음가짐부터 고쳐야 한다고 봅니다. 자기 관리가 되시 않는 자는 최고기 될 수 없기 때문입니다.

기상은 하루의 시작입니다.

사람은 저녁에는 대개 소비하는데 시간을 보내지만, 새벽은 생산적인 것에 시간을 보내게 되어 있습니다. 일반적으로 새벽에 술을 먹거나 전화로 쓸데없는 수다를 떨고 또는 게임을 하는 사람은 많지 않습니다. 이 시간에 술을 먹거나 소비생활을 하는 사람이라면 생활의 패턴이 일반인과 다른 경우입니다. 일반적으로 이런 사람들 중에는 방탕한 사람이 많습니다.

일반적으로 성공하려면 새벽 시간을 잘 활용해야 합니다. 그것은 아침의 1시간은 저녁의 3시간의 일을 해낼 수 있기 때문입니다.

제가 학생들의 새벽 시간을 체크해주고 관리해주는 것은 바로 학생들에게 새벽 시간의 중요성을 몸으로 느끼게 해주기 위함입니다. 최고의 쇼호스트가 되기 위한 열정을 갖고 우리 학원에 입학한 처음의 열정이 식지 않도록 아침시간을 체크해 주고 있는 것입니다.

학생들의 아침 시간을 관리해 주는 방법은 의외로 간단합니다. 우리 학원 학생이라면 아침에 기상과 동시에 바로 학원 홈페이지에 접속해야 합니다. 그리고 학생이 홈페이지에 들어옴과 동시에 자신의 달력에 기상시간이 찍힙니다. 7시30분 전에 들어오면 'GOOD', 그 이후에는 'BAD'가 뜹니다. 저는 'GOOD'일 경우에 이 학생에게 점수를 줍니다.

또한 학생들이 홈페이지 방명록에 들어와서 저에게 글을 쓰게 합니다. 그러면 이영권 박사님한테 배운 그대로 그들의 열정이 식었는지, 아직 타오르는지를 체크하며 매일매일 댓글을 달아주고 격려를 해줍니다.

| 번호 | 제목 | 작성자 | 조회수 | 등록일 |
| --- | --- | --- | --- | --- |
| 18960 | 안녕하세요 최진입니다. 118번째 인사 드립니다. [1] | 최진 | 18 | 2011.04.07 |
| 18959 | 6번째 기상일기 [1] | 김혜진 | 2 | 2011.04.07 |
| 18958 | 열두번째 기상일기 입니다 ^^ [1] | 최은서 | 4 | 2011.04.07 |
| 18957 | 2011/4/7 6번째 기상일기^^• [1] | 홍여울 | 3 | 2011.04.07 |
| 18956 | ★꿈을향한마라톤. 네번째 발걸음 . 이창훈입니다. [1] | 이창훈 | 23 | 2011.04.07 |
| 18955 | 다섯번째 일기 [1] | 정규태 | 21 | 2011.04.07 |
| 18954 | 혜미의 세번째 기상일기 [1] | 최혜미 | 4 | 2011.04.07 |
| 18953 | 온라인강의 첫수업 [1] | 정문경 | 19 | 2011.04.07 |
| 18952 | 4번째 기상일기 [1] | 전효성 | 15 | 2011.04.07 |
| 18951 | 다섯번째 일기 [1] | 박지영 | 5 | 2011.04.07 |
| 18950 | 지현이의 448번째 발걸음... [1] | 김지현 | 17 | 2011.04.07 |
| 18949 | 두번째 일기 ^^ [1] | 김아름 | 13 | 2011.04.06 |
| 18948 | 2011/4/6 5섯번째 기상일기^^• [1] | 홍여울 | 4 | 2011.04.06 |
| 18947 | 양성 39기 최영주의 27번째 편지^•^ [1] | 최영주 | 4 | 2011.04.06 |
| 18946 | 안녕하세요 라용란의 일기 9장입니다. ^-^ [1] | 라용란 | 7 | 2011.04.06 |
| 18945 | #3. 세번째 일기 [1] | 염보배 | 7 | 2011.04.06 |

위의 그림은 제 홈페이지를 캡처한 것입니다. 학생들은 끊임없이 홈페이지에 접속하고, 그것으로 자신의 열정의 불씨를 꾸준히 지켜가고 있는 것입니다.

## 저를 따라 하신 분의 이야기

강사가 되고 싶어서 저를 찾아온 최선미 씨가 있습니다. 저는 그분에게 제가 모시는 이영권 박사님 이야기를 해주었습니다. 그리고 저처럼 그 분을 따라 그대로 해보라고 했습니다.

물론 저한테 배우러 온 사람들에게 이런 말을 항상 해왔지만, 최선미 씨처럼 그대로 믿고 따라 하는 사람은 많지 않습니다. 이분은 저를 믿고 그대로 따라 했습니다.

최선미 씨는 저처럼 자신이 멘토로 모시고 싶은 분의 블로그에 가서 그 분이 읽든 안 읽든 상관하지 않고 매일 글을 썼습니다.

그랬더니 27일만에 답장이 왔다고 했습니다. 그 분이 멘토로 모시고 싶은 분은 자신의 블로그에 공개적으로 전화번호까지 적어 주셨습니다. 최선미 씨는 그렇게 자신의 목적을 이루었습니다.

최선미 [IP 확인] | 수정 | 삭제    2009/09/05 06:52

27번째 인사~
좋은 아침입니다~
강사님이 말씀하시는 인맥관리중에...저와 강사님과의 인맥은 어떻게 생각하세요~ㅋㅋ
돌이켜 볼 시간을 참.. 많이 주시네요..
지금 현 나의 위치와 내가 알고있는 사람들과의 인맥!
난 과연 어떻게 사람들과 이어나가고 있을까? 잘? 아님.. 도퇴?
정말 내 이익만 따지고 있지는 않나?
별로 친하지 않은 후배과 결혼한다고 청첩장을 들고오면 반갑기 보다는 축의금 생각에...
짜증이 나는 그런.. 사람이 되어버렸다는거!
알겠습니다. 다시금 나의 인맥을 어떤 마인드로 지켜나갈지 생각해보겠습니다..ㅋㅋ
행복하소서~

<u>덧글 1개</u>

지윤정    어휴~~제가 계속 제 블러그를 안들어봐서..이렇게 오랜기간 인사 주신걸

최선미 씨는 지금 자신의 그토록 원하던 강사로 활동하고 있습니다. 꾸준히 자신이 모시고 싶은 멘토의 홈페이지를 200번까지 두드려서, 마침내 꾸준함을 인정받아 겸임강사로 위촉까지 받는 꿈을 이룬 것입니다.

최선미 씨는 전문 강사가 되려고 사표를 냈더니, 회사에서 한 달 특별 휴가를 주고 나중에 팀장으로 승진까지 시켜 주었다고 합니다. 꾸준함은 자신의 가치를 높이는 것과 동시에 주변 사람들로부터 인정받는 길로 들어서는 길이라는 것을 몸소 증명해 보인 것입니다.

이 분이 저한테 회사생활과 강사의 길을 병행하는 것이 힘이

들어서 사표를 내는 게 좋지 않겠냐고 물어왔을 때 저는 이렇게 말했습니다.

"강사 생활은 언제든지 할 수 있습니다. 아시다시피 최고의 강사가 되고 싶다면, 먼저 자기 분야에서 최고가 되어 봐야 합니다. 그 다음에 최고의 강사는 오히려 쉽게 될 수 있으니, 힘드시더라도 급하게 마음 먹지 말고 꾸준함을 지켜 가시기 바랍니다."

그러자 얼른 제 말의 뜻을 알아 듣고 지금도 최고의 강사가 되기 위해 꾸준하게 노력하고 있습니다.

## 꾸준한 사람을 이기는 것은 없다

제 열정 키보드는, 우리 강사들은 나부터 이런 꾸준히 무엇인가를 할 수 있는 것을 만들어 놓고, 그것을 강의해야 한다는 것입니다.

강사는 자기가 해 본 것, 먹어 보고, 입어 보고, 써 본 것을 이야기해야지, 안 해 본 것, 앞으로 해 볼 것을 가지고 강의를 해서는 안 된다고 보는 것입니다.

우리는 '타고난 사람을 이기는 사람은 노력하는 사람이고, 노력하는 사람을 이기는 사람은 즐기는 사람'이라는 말은 많이 알고 있습니다.

　그런데 '즐기는 사람'을 이기는 사람이 있을 수 있다는 것은 잘 모릅니다. 저는 '즐기는 사람'을 이기는 사람은 '꾸준한 사람'이라고 확신합니다. 제 경험으로 볼 때 '꾸준한 사람'을 이기는 사람은 없습니다.

⊙ 방명록　　　　　　　　　　　　　　　HOME ＞ 이영권박사 코너 ＞ 방명록

등록수 467　　　　　　　　　　　　　　　　　　　검색　글쓰기

| 번호 | 제 목 | 글쓴이 | 조회수 | 등록일 |
| --- | --- | --- | --- | --- |
| 467 | 766번째 108배를 하고나서.. (1) | 김효석 | 3 | 2011-05-13 |
| 466 | 765번째 108배를 하고나서.. (1) | 김효석 | 8 | 2011-05-07 |
| 465 | 764번째 108배를 하고나서.. (1) | 김효석 | 8 | 2011-06-05 |
| 464 | 763번째 108배를 하고나서.. (1) | 김효석 | 7 | 2011-05-02 |
| 463 | 762번째 108배를 하고나서.. (1) | 김효석 | 7 | 2011-04-25 |
| 462 | 761번째 108배를 하고나서.. (1) 🔒 | 김효석 | 3 | 2011-04-17 |
| 461 | 760번째 108배를 하고나서.. (1) 🔒 | 김효석 | 2 | 2011-04-11 |
| 460 | 759번째 108배를 하고나서.. (1) 🔒 | 김효석 | 2 | 2011-04-08 |
| 459 | 758번째 108배를 하고나서.. (1) | 김효석 | 9 | 2011-04-02 |
| 458 | 757번째 108배를 하고나서.. (1) | 김효석 | 7 | 2011-03-29 |

　저는 오늘도 750번째 108배를 하고 있습니다. 저는 이런 꾸준함이 오늘의 저를 만들어 주었다고 생각합니다.

　그래서 저는 **"나의 열정을 불러 일으키는 것은 꾸준함 이다."**라고 자신있게 말씀드립니다.

　이것은 곧 '열정은 꾸준함이다' 라는 말과 같습니다. 꾸준함이 없는 열정은 흥분의 상태인 것이지, 그 자체를 열정이라고 볼 수 없다고 생각하기 때문입니다.

나의 **열정**을
불러 일으키는 것은
의식의 진화이다

## 박철용(朴哲瑢)

인의향리더십센터 소장
행복경영연구소 수석전문위원
비전피플즈 소장

## 강의분야

조직활성화 (인의향)
감성커뮤니케이션, 원하는 것을 이루는 마음의 법칙,
노후설계, 코칭, 협상, 팀장 리더십, 시간관리
직업선택 및 진로계획, 건강관리, 회의 진행 요령 외


## 주요경력 및 자격

1989년 LG 전자 입사
1990년 한국능률협회컨설팅 입사  물류 사업팀장
1999년 한문화기획 입사 수석전문위원 (유답강사)
2005년 행복경영연구소 대표
2007년 알리샤 이사
2008년 인의향 리더십 센터 소장


## 주요강의경력

삼성전자, 삼성 SDI, 현대제철, 현대자동차, LG전자,
LG전자 미국법인, LG마이크론, 포스코, SK텔레콤,
한화그룹, 신창전기, 현대모비스, 대림산업, KT, KTCS,
농촌진흥청, 삼천리 자전거, 안산시청, 성동구청, 대덕GDS,
아페리오, 후성그룹, 포스콘, 노사전직센터, 평택여성회관외


## 물류컨설팅 및 기타

SK 텔레콤, KT, 제일제당, 대상, LG전자 외
컨설팅 해외연수 (일본 70여회, 미국 10여회)
일본어 통역 (300여회)


연락처 : 010-7688-1557
E-mail : pcy6626@hanmail.net

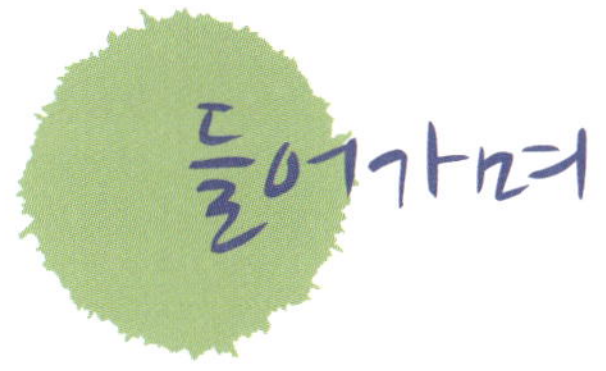

저는 기업체에서 조직활성화 강의를 하는 강사입니다. 조직활성화 강의 속에는 조직을 위한 사원들의 의식을 진화시키는 내용이 녹아 들어가 있습니다.

**"강의를 통해서 나와 다른 사람의 의식 진화에 기여한다."**

저의 좌우명입니다. 저는 어려서부터 단전호흡이나 명상에 관심이 많았습니다. 단전호흡과 명상은 제 자신의 의식을 성찰하는데 중요한 역할을 해왔습니다. 의식은 한 사람이 세상을 살아 가는데 중요한 역할을 합니다. 겉으로 드러난 행동의 원천이 바로 의식이기 때문입니다.

흔히 지금보다 나은 인생을 살려면 지금까지 살아오면서 자신도 모르게 쌓아 온 의식을 바꿔야 한다고 합니다. 그런데 이 의식이라는 것은 '바꿔야지' 한다고 쉽게 바꿀 수 있는 것이 아닙니다.

단전호흡과 명상을 통해 지금 내가 하고 있는 의식의 근원이 무엇인지 알아가야 합니다. 의식의 진화는 바로 지금 내가 무슨 생각을 하고 있는지 의식하는 것부터가 출발점입니다. 그런데 이것은 보통 어려운 일이 아닙니다. 자신과 대면을 한다는 것은 결코 쉬운 일이 아니기 때문입니다.

저는 어려서부터 이런 문제에 관심이 많았기 때문에 지금은 자연스럽게 직업으로 이런 쪽의 일을 하고 있습니다. 그리고 그 과정에서 저 자신의 의식이 조금씩 진화되어 감을 느꼈을 때 정말 제 내면 속에 숨 쉬고 있는, 꿈틀거리는 열정을 주체하지 못했던 적이 참으로 많았습니다.

그래서 저는 "나의 열정을 불러 일으키는 것은 의식의 진화"라고 자신있게 말하고 싶습니다.

많은 사람들이 저를 보고 요즘 뜨고 있는 세시봉의 가수 송창식과 많이 닮았다고 합니다. 저에게는 그 말이 칭찬으로 들립니다. 왜냐하면 가수 송창식의 눈가에 맺혀진 미소가 저를 기쁘게 하기 때문입니다. 제가 송창식의 미소를 보고 행복을 느끼는 것만큼 많은 사람들이 저를 보고 똑같은 행복감을 느낄 수 있기를 기대해 봅니다.

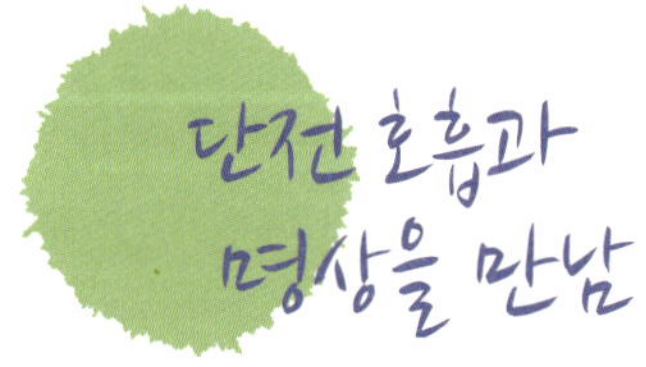


저는 고등학교 다닐 때 어느 건물 2층에 붙어 있는 <신선도>라는 문구에 호기심이 발동하여 망설임 없이 그 곳에 들어가 강의를 들었습니다. 그리고 나중에야 그것이 단전호흡 같은 거라고 알게 되었던 기억이 있습니다.

그때 사회적으로 김정빈의 <단>이라는 소설이 베스트셀러가 되면서 단전호흡이 인기를 끌었습니다. 저도 예외 없이 그 책에 빠져 들면서, 소설 속의 주인공처럼 되고 싶어 했던 기억이 새롭습니다.

'아, 이렇게 하면 신선이 되고 깨달음에 이를 수가 있구나.'

그리고 그 곳에서의 경험은 단순한 호기심만으로 치부하기에는 정말 큰 일을 벌였습니다. 저는 <단>이라는 책에 만족하지 못하고, 그 당시 쏟아져 나오기 시작한 단에 관한 책들을 닥치는 대로 구입하여 읽었습니다. 그리고 책 속에서 나오는 대로 수련을 따라 해보았습니다.

심지어 대학시절에는 3개월 정도 절에서 공부한 적이 있었습니다. 그때 저는 하루에 1시간 이상 명상을 했습니다. 가부좌를 틀고 공부한 것을 정리하면서 명상을 하면 실제로 공부가 잘 되었습니다. 정좌를 하면 비록 다리는 저릴 때가 많았지만, 단전호흡과 명상의 매력에 빠져 하루도 거르지 않고 꾸준히 했었습니다.

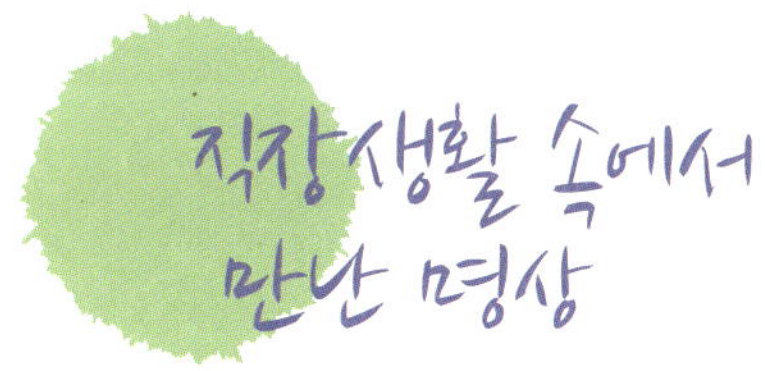


저는 일본에 계신 큰아버지께서 지원을 해주셔서 3년간 일본 유학을 했습니다. 그리고 귀국을 해서 LG전자를 거쳐 한국능률협회 컨설팅에서 물류 컨설팅 일을 시작했습니다.

그렇게 직장생활을 5년 정도 하다가 우연히 양재동에 있는 명상센터를 알게 되었습니다. 그때 저는 새벽마다 그곳에 출근 도장을 찍으며 수련을 했습니다.

그 당시에 저는 목동에 살고 있었고, 직장은 여의도에 있었기 때문에 새벽 4시 30분 정도에 일어나 양재동 명상센터에 가서 새벽 수련을 하고, 출근을 하는 과정이 결코 쉽지는 않았습니다. 하지만 그 당시 저는 그런 생활이 좀 힘들기는 했지만 하루하루 뿌듯한 보람을 느꼈습니다.

지금 생각해 보면 그 당시에 저를 찾기 위해 노력했던 열정이 지금의 저를 만들어 준 것 같습니다. 새벽에 명상을 할 때마다 의식의 진화가 이뤄지는 기쁨은 이루 말할 수 없었습니다. 그 어느 때보다 열정이 넘쳤던 시절이었음이 틀림없습니다.

저는 그 당시 오랫동안 피우던 담배도 끊고 좋아하는 술도 최소한으로 줄였습니다. 새벽 명상을 하기 위해 일찍 일어나려면 일찍 자야 했습니다.

그래서 남들이 보기에는 개과천선을 해서 매우 건전해졌다고 생각할 수도 있었습니다. 어쩌면 갑자기 사람이 이상해졌다고 생각하는 사람도 있을 정도였습니다.

명상센터에서는 명상만 하는 것이 아니었습니다. 스트레칭이나 연단 등의 운동을 하였기 때문에, 몸의 에너지 순환이 잘 되는 것을 직접 느낄 수 있었습니다. 항상 명상센터를 다녀오고 나면 의식이 매우 상쾌한 상태가 되었습니다. 그렇게 몸과 마음의 상태가 좋으니 그 당시에는 하는 일도 모두 잘 되었습니다.

그러던 중에 한문화 기획의 <유답>이라는 프로그램을 알게 되었습니다. 20세기에서 21세기로 바뀌는 무렵이니까 지금으로부터 10여 년 전쯤의 일이었습니다.

<유답>은 기업체에 들어가는 프로그램 이름이고, 수련단체에서는 <심성수련>이라는 이름으로 공부를 한 적이 있습니다. 그때 저는 <심성수련>이라는 프로그램을 교육 받고 너무나 좋아서 일주일 정도 황홀감에 빠졌던 기억이 있었습니다.

'이 프로그램을 다른 사람들도 받게 해서 나처럼 황홀감을 느끼는 삶을 살 수 있게 했으면 좋겠다.'

이런 생각을 하던 차에 한분화기획에서 그 프로그램을 <유답>이라는 이름으로 기업체에서 강의한다는 것을 알게 된 것입니다.

저는 제가 느꼈던 기쁨을 다른 사람들에게도 전해주고 싶어 망설임 없이 10년 정도 다녔던 한국능률협회 컨설팅을 그만 두었습니다. 그리고 바로 한문화기획에 입사를 하였습니다.

　〈유답〉이라는 프로그램에는 '의식레벨'이라는 모듈이 있습니다. 인간의 의식을 룩스로 측정할 수 있는데, 보통 1룩스부터 1000룩스까지 표현할 수 있다는 것입니다.

　이 이론은 미국의 데이비드 호킹스 박사가 만든 것으로, 사람이 한평생 걸려서 올라갈 수 있는 의식의 수치는 5룩스라고 합니다.

　여기에서 나타나는 의식의 룩스 수치는 다음과 같습니다.

　30룩스 : 수치심

　50룩스 : 무기력

　75룩스 : 슬픔

　100룩스 : 두려움

　125룩스 : 욕망

　150룩스 : 분노

　175룩스 : 자존심

　200룩스 : 용기

　250룩스 : 중립

310룩스 : 자발성

350룩스 : 포용

400룩스 : 이성

500룩스 : 사랑

540룩스 : 기쁨

600룩스 : 평화

700룩스 이상 : 깨달음


<유답>에서는 사람들이 자신의 삶이나 수련 등을 통해서 자신의 의식을 향상 시킬 수 있다고 합니다. 전세계 인류의 평균 의식은 10여 년 전에 측정된 것에 의하면 203이라고 합니다.

사람의 의식을 수치화 시켰다는 것만으로도 너무 충격적이었습니다. 저는 이 의식 레벨표를 보면서 저 자신의 의식을 향상 시키고 싶다는 생각을 했습니다. 아울러 저의 일을 통해 다른 사람의 의식성장에도 기여하고 싶다는 생각을 하게 된 것입니다.

그때부터 이것이 저의 삶의 목표가 되었습니다. 저는 지금도 의식진화를 시키는 활동이라고 하면, 저도 모르게 속에서 끓어오르는 뜨거운 열정을 느낍니다.

제가 "나의 열정을 불러 일으키는 것은 의식의 진화"라고 하는 이유도 여기에 있습니다.

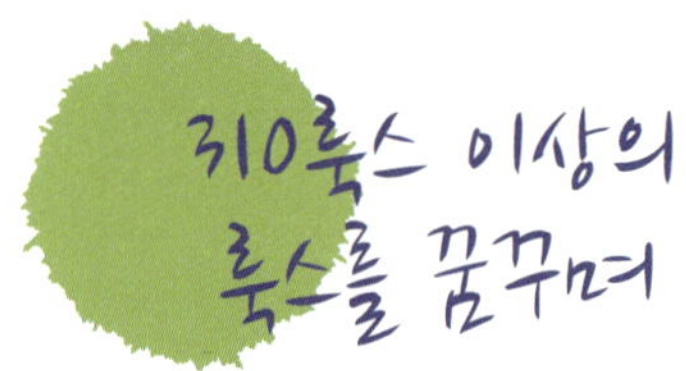

# 310룩스 이상의
# 룩스를 꿈꾸며

어떤 조직체의 기본의식이 분노와 자존심이라고 하면, 그들은 서로 싸우느라 막대한 에너지를 소모시키고, 생산성도 많이 떨어트릴 확률이 높습니다.

그러나 기본 의식이 310룩스의 자발성이라고 한다면 각자가 알아서 움직이는 조직이 될 것입니다. 분명히 즐겁고 신나는 조직이 될 것입니다.

저는 과거에 기업체에서 컨설팅을 한 적이 있었습니다. 컨설팅을 하면서 가장 합리적인 방법을 찾아내는 것은 그렇게 어려운 것은 아니었습니다. 그러나 실행을 하는 것은 정말 어려웠습니다. 부서 이기주의 때문에 각 부서로부터 협조를 받는 것이 쉽지 않았기 때문입니다.

물류합리화를 하려면 연구개발, 구매, 생산, 영업의 모든 부문으로부터 협조를 받지 않으면 안 되는 상황입니다. 그런데 상호 간에 그 협조를 받는 일이 결코 쉽지 않았습니다.

'그 일은 물류 부서의 일인데 왜 우리가 도와 주어야 하는가?'

자기 부서가 다소 힘들더라도 회사 전체의 이익을 위해 도와 준다면, 그것이 결국 은 자신의 부서에도 도움이 되는 것인데, 조직에서는 그것을 쉽게 받아 들이려고 하지 않았습니다. 그것을 받아 들이려면 350룩스의 포용 이상의 의식이 필요합니다.

결국 조직에서 생산성을 올리기 위해서는, 그 어떤 첨단기법이 필요한 것이 아니라 무엇보다도 먼저 사람들의 의식진화가 중요하다는 생각을 했습니다.

조직에서 의식진화를 이루어 낼 수 있다면, 서로를 배려하게 되고, 불필요한 충돌로 인한 에너지 소모도 줄일 수 있기 때문입니다. 의식의 진화가 되면 기업체의 생산성은 자연스럽게 올라가고, 모두가 즐겁고 신나게 일을 할 수 있다고 생각합니다.

국가적으로 보더라도 마찬가지입니다. 아무리 법을 잘 만들었어도 자신의 집단을 위해서는 국가전체가 어떻게 되든지 상관없다는 사람이 많다면, 그 법은 아무 소용이 없는 것과 마찬가지입니다. 국가적으로 의식이 진화된다면 지역 이기주의도 줄어들고, 서로가 서로를 배려하는 즐거운 사회가 되리라 생각합니다.

저는 컨설팅을 하면서 무엇보다 중요한 것은 저를 포함한 모든 사람들의 의식진화가 정말 중요하다는 것을 뼈저리게 느꼈습니다.

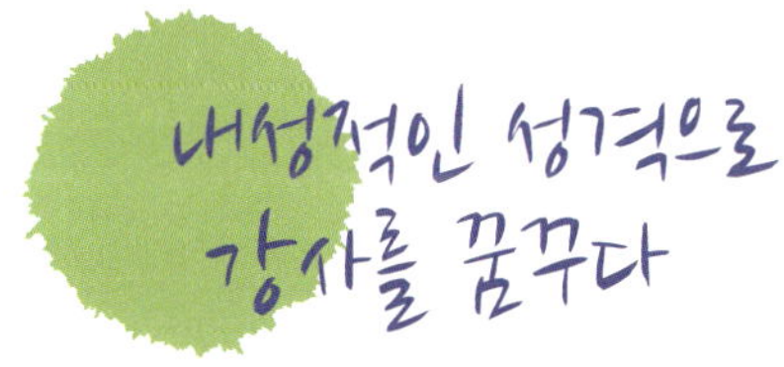


<유답>을 통해 한문화기획에 입사한 저는 정말 훌륭한 강의를 통해서 사람들의 의식 향상에 도움이 되는 일을 하고 싶었습니다.

그런데 눈 앞이 캄캄한 소리를 들었습니다. 입사한 지 얼마 안

될 무렵에 사장님이 저를 불렀습니다. 그러면서 기를 확 꺾어 놓는 말을 했습니다.

"박 위원은 강사 스타일이 아니에요. 그러니 한문화기획 내의 의식 컨설팅을 담당해 주었으면 좋겠습니다."

아마도 저의 내성적인 성격을 보고 그렇게 판단한 것 같습니다. 물론 컨설팅도 싫지는 않았지만, 무엇보다 강사를 하고 싶었던 저에게는 정말 충격이었습니다.

물론 워낙 내성적이었던 저 스스로도 제가 강사 스타일은 아니라고 생각했지만, 정말이지 너무나 강의가 하고 싶었습니다.

그 당시에는 강의를 할 때 오에치피 필름을 사용했습니다. 지금처럼 컴퓨터와 빔프로젝트가 연결되어 있어, 강의할 때 포인터만 누르면 화면이 넘어가는 것이 아니라, 오에치피 필름을 기계 위에 한 장 한 장씩 얹어야만 했습니다.

기업 강의라 웬만하면 80명 정도의 교육생을 앞에 두고 강의를 했는데, 저는 그 교육생들의 눈이 정말이지 너무나 부담스러웠습니다. 또한 강의가 끝나면 강의에 같이 참석한 5~6명의 강사들로부터 칼처럼 날카로운 피드백을 받는데 그것도 정말 큰 부담이었습니다.

어느 날, 저는 처음으로 교육생 앞에서 한 시간짜리 강의를 했습니다. 그런데 오에이치피 필름을 기계 위에 얹을 때마다 저의 손은 부르르 떨렸습니다.

그때 어떤 진행강사가 그 광경이 안타까워 보였는지 저에게 이렇게 이야기했습니다.

"교육생들을 그냥 밥(?)이라고 생각하고 편안하게 진행하세요."

 그때를 생각해 보면 '필름을 없으며 부르르 떠는 제 모습이 얼마나 안타까웠으면 그렇게 이야기했을까' 라는 생각에 지금도 미소가 떠오릅니다.



## 어렵게 찾아 온 기회

 그때 한문화기획은 잘 되었습니다. 그래서 모든 직원들을 단체로 백두산 관광을 보내 주었습니다. 그때 한꺼번에 모든 강사가 다 가면 회사가 마비되니까 팀을 몇 개로 나눠서 보냈습니다.

 그러던 어느 날, 강사들이 여행을 간 만큼 강사가 부족하게 되는 상황이 되었습니다. 그러다 보니 저에게까지 강사섭외가 들어 오게 된 것입니다.

 그 강의는 한두 시간짜리 강의가 아니고, 1박 2일의 규모가 큰 강의였습니다.

 '한두 시간짜리 강의도 힘든데 1박 2일짜리 강의를 내가 어떻게 해?'

 저는 정말 걱정에 떨기 시작했습니다.

 "저는 다음에 하겠습니다."

저는 영업팀장을 찾아가 기어 들어가는 소리로 말했습니다. 그러나 영업팀장은 단호했습니다.

"지금 기회를 잡지 못하면 앞으로 영영 기회가 없을지 모릅니다. 그러니 다시 한번 생각해 보세요."

저는 워낙 단호한 영업팀장의 말을 듣고 안 되겠다 싶어서 강의를 하기로 했습니다. 강의 시간은 2주 정도밖에 남지 않았습니다. 그 2주는 저에게 그 어느 때보다 긴장된 시간이었습니다. 잠을 자려고 해도 '어떻게 하나?' 라는 걱정 때문에 뒤척이기만 했습니다.

당시에는 메인 강사 1명과 보조 강사 5명 정도가 한 강의에 투입되었습니다. 그런데 그 날은 제가 처음으로 1박 2일 강의에 메인 강사로 강의 진행을 해야 하는 것이었습니다.

저는 강의 날짜가 다가오면 다가올수록 점점 걱정이 되었습니다. 오로지 하루 종일 '강의를 어떻게 할 것인가?' 하는 고민뿐이었습니다.

'어떻게 하면 이것을 성공할 것인가?'

저는 시간만 나면 아무데서나 강의 연습을 했습니다.

'이것을 성공하지 못하면 내 인생은 끝장이다.'

저의 마음은 비장했습니다. 내 인생의 마지막이 될지도 모른다는 절박감으로 강의 준비를 했습니다. 그랬더니 세상에나! 제가 꿈 속에서도 강의를 하는 것이었습니다.

강의 전 날, 잠을 자야 하는데 밤새 잠이 오지 않았습니다. 힘들게 눈을 감고 있다가 떠보면 새벽 한 시이고, 또 눈을 떠 보면 새벽 두 시이고, 이런 상황이 밤새 진행되었습니다.

저는 결국 한숨도 제대로 자지 못했습니다. 아침에 거울을 보니까 빨갛게 충혈이 된 눈이 토끼눈 같았습니다.

'어떻게 이런 눈으로 강의를 하나?'

정말이지 걱정이 태산 같았습니다. 그런데 신기하게도 강의 30분 전에 기적처럼 눈의 충혈이 사라지기 시작했습니다. 정말 다행이라는 생각에 안도의 한숨을 내쉬고 강의를 시작했습니다.

본격적인 강의로서 남들 앞에 처음 서 보는 강의였습니다. 생각보다 강의는 순조롭게 잘 진행되었습니다.

'정신일도 하사불성(精神一到 何事不成)이라는 것이 이런 말이 아닌가?'

이런 생각이 들 정도였습니다.


강의가 끝난 후에 강사 평가 설문을 했습니다. 5점 만점에 4.5 이상 이상이면 잘 했다는 평가를 받는데, 저는 첫 강의에서 4.7점이라는 높은 점수가 나왔습니다.

회사 홈페이지에 저의 강의를 들었던 교육생이 '강의가 정말 좋았다.'는 내용의 글들을 올려 주었습니다. 홈페이지가 활성화 되었던 때도 아니었는데….

저는 그 당시에 구름 위를 둥둥 떠다니는 기분이었고, 온 세상이 저의 세상인 것만 같은 황홀한 마음이었습니다.

'강의하는 것이 힘들 거라고 생각했는데 이렇게 집중을 하니 까 되는구나!'

그때를 생각하면 정말 뿌듯한 시절이었습니다.

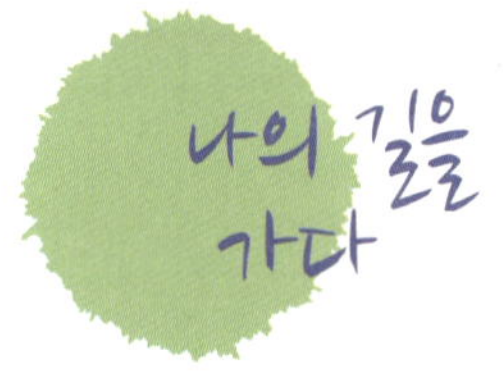

　저는 한문화기획을 그만 두고 의식향상의 프로그램을 <인의향> 또는 <진주>라는 조직활성화 프로그램으로 지금까지 해오고 있습니다. 어느덧 10년 정도가 되어 갑니다.

　저의 주력 프로그램은 1박 2일 동안 진행하는 인의향이나 진주프로그램이고, 그 이외에는 특강 프로그램들이 있습니다.

　제가 운영하는 프로그램의 내용들은 대부분 의식의 진화에 맞추어져 있습니다. 조직활성화 프로그램은 연극이나 게임, 워크샵 등으로 구성되어 있습니다. 그리고 그것들은 모두 감동을 바탕으로 '어떻게 사는 것이 의미 있는 삶인가?' 하는 삶의 가치에 초점을 맞추고 있습니다.

　제가 메인 강사를 하고 보조 진행강사가 2명 정도 같이 움직이고 있습니다. 보조 강사가 없으면 제가 직접 연극을 하기도 합니다.

　과정 이수를 한 교육생 중에는 가끔 이런 이야기를 하기도 합니다.

　'지금까지 아버지를 용서하지 못했는데, 이 과정을 통해서 아버지를 용서하게 되었습니다.'

　'앞으로 삶을 살아가면서 힘들게 되면, 이 과정을 생각하면서

이겨 내도록 하겠습니다.'

매 교육 프로그램이 끝날 때마다 이런 이야기를 하는 교육생들을 보면 가슴이 뿌듯해지면서 보람을 느끼곤 합니다.

어떤 회사의 관리이사는 이런 이야기를 하기도 했습니다.

"노조 간부들이 지금까지는 나를 보면 벌레 보듯이 하고는 했는데, 이 과정을 받고 나서는 나에게 인사를 다 하네요. 허허허…."

이 프로그램에 참석하고 나서, 회사 부서 간에 화합하고 협조하는데 도움이 된다고 합니다. 즉 조직에서 조직원 전체를 화합시키고, 부서끼리 서로 협조하게 하는데 도움이 많이 된다고 합니다.

평소에 저를 보던 사람은 강의하는 저의 모습을 보고 나면, '박 위원님의 또 다른 모습에 놀랐습니다' 라고 이야기하는 사람들이 많습니다.

제가 직접 연극을 할 때 술주정을 하면서 고래고래 고함을 지르는 모습을 보이면, 정말이지 색다르게 보일 수 있을 거라는 생각도 듭니다.

## 학습자 스스로 깨쳐 나가게 하는 강사

저는 강의 원칙 중에 하나가 제가 다른 사람을 가르친다는 느낌을 주지 않으려고 하는 것입니다. 게임이나 연극 등을 통해서 스스로 느끼게 하고, 나눔을 통해서 삶의 가치 '신뢰', '포용', '감사' 등을 스스로 말하게 하는 것입니다.

강사가 그 부분을 계속 이야기하면 강요처럼 들리나, 교육생 스스로 이야기하면 강의에 저절로 참여하게 되고, 스스로 감동을 받게 되는 모양입니다.

요즘 교육생의 특징 중의 하나로 다른 사람으로부터 배우는 것을 싫어하고, 스스로 깨쳐나가는 것을 좋아한다는 생각이 들었습니다.


저는 지금 특강으로 '원하는 것을 이루는 마음의 법칙', '공감 대화법', '건강관리', '협상', '코칭' 등의 강의를 하고 있습니다.


**제가 하는 모든 프로그램의 초점은 '의식의 진화'에 맞추어져 있습니다.**


강의 이외에 의식의 진화의 방법이 있다면 다른 방법을 쓸 수도 있을 것입니다. 예를 들어 대안학교를 설립한다든가, 명상센터를 만든다든가, 책을 쓴다든가 하는 방법 등이 있을 것입니다.

현재까지는 강의를 할 수 있기 때문에 강의를 통해서 하고 있지만, 시간이 지나면 제가 어떻게 진화가 될지 저 스스로도 궁금합니다.

나의 열정을
불러 일으키는 것은
꿈이다

조용호(趙龍鎬) ■
한국토지주택공사 계장

## 강의분야

자기주도학습 / 성희롱·성매매예방 / 인구교육(저출산 고령화)

## 주요경력 및 자격

대한민국 최초 학습코칭전공 교육학석사

(사)한국강사협회 이사(현)
한국성희롱예방교육전문강사협회 이사(현)
LTL(learning to learn) 교수협의회 사무총장(현)
사랑의쌀 나눔운동본부 운영위원회 수석부회장(현)

명강사 육성과정 수료 – (사)한국강사협회
교수기법과정 수료 – 국토해양인재개발원
독서경영과정 1기수료 – 한국간행물윤리위원회
사내강사 양성·향상과정 수료 – 대한주택공사
성희롱예방교육 전문강사 – 한국양성평등교육진흥원장 위촉
인구교육 전문강사 – 인구보건복지협회 위촉
사회복지사 2급 / 평생교육사 2급

## 주요강의경력

대한주택공사 / 한국토지주택공사 /
인천보호관찰소 / 경기도 간호조무사협회 /
국립중앙청소년수련원 / 인구보건복지협회 /
인천지방중소기업청 등

개인카페 : http://cafe.daum.net/gender-equality
E – mail : mento2050@gmail.com
S N S : www.facebook.com/mento2050

## 들어가며

    지금으로부터 6년 전만 하더라도 저는 사지만 멀쩡했지 세상을 올바르게 볼 줄 모르는 등신이었습니다. 왜냐하면 지금 생각해보니 자신의 인생에 대해 명확한 꿈과 목표를 전혀 세우지 못한 채 그럭저럭 편안함만 추구하는 삶을 살고 있었기 때문입니다.

    그 당시 나의 일상은 일반 직장인과 크게 다르지 않았습니다. 지방에서 대학을 졸업하고, 운 좋게 신의 직장이라는 공기업에 취직해서, 아무런 불만 없이 평범하게 직장생활을 시작했습니다.

    그 어렵다던 IMF시절에도 고용안정에 대한 불안 없이 낮에는 열심히 일하고, 저녁이면 동료들과 술 한잔으로 하루의 고단함을 달래며, 다음 날이면 다람쥐 쳇바퀴 놀리듯이 비슷한 하루를 반복하며, 남들보다 평탄한 직장생활에 만족하며 살고 있었습니다.

    그나마 굳이 다른 점을 내세워 보면 남들이 쉽게 즐기기 힘든 여행을 틈틈이 즐기는 것으로 만족을 추구했다고 할 수 있을지 모르겠습니다. 어쨌든 그 당시 제 삶의 의미있는 일을 떠올리면 가끔 다녀오는 해외여행밖에 내세울 것이 없었습니다.

기억에 남는 여행을 꼽으라면 TV를 통해서 소개될 때마다 가고 싶었던 크루즈 여행에 대한 추억입니다.

크루즈 여행은 경험이 많은 여행자들에게도 로망과도 같은 것입니다. 거대한 크루즈 선에 올라 즐기는 특급 호텔 수준의 서비스는 정말 환상적이었습니다.

매일 펼쳐지는 다양한 공연과 파티, 처음 접해보는 산해진미와 기항지에서의 이색관광까지 정말 환상 그 자체입니다. 그 중에서도 특히 선상에서의 패션쇼와 선장이 주최하는 칵테일 파티는 정말 인상적이었으며, 아침에 일어나 떠오르는 태양을 보며 즐기는 조깅은 세상의 모든 것을 다 가진 것 같은 착각을 줄 정도로 환상이었습니다.

그때만 해도 내 머릿속에 그려진 인생은 이런 삶이 최선이라고 자부하고 있었습니다. 직장 생활에 최선을 다하고, 여가 시간에 즐기는, 이런 삶이 전부인양 착각을 하고 있었던 것입니다. 주변의 직장동료와 대부분의 친구들이 그렇게 살고 있었기 때문에 나 자신도 이러한 삶에 마냥 행복해 하고 있었습니다.

## 인생의 전환점 —어머니의 뇌경색

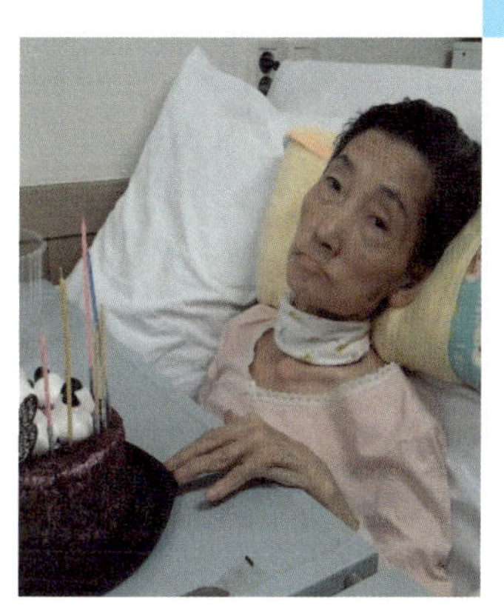

　그런데 2005년 8월, 저에게 인생의 전환점이 되는 아주 엄청난 사건이 생깁니다. 바로 어머니께서 갑자기 중풍으로 쓰러지신 것 입니다.

　어머니는 다행히 지금까지 더 나빠지지 않고 이 순간에도 요양원에서 잘 버티고 계십니다.

　지금이야 어느 정도 여유를 부리듯 어머니를 모시고 있지만, 사실 그 당시에는 정말 눈 앞이 캄캄했습니다. 갑자기 쓰러지신 어머니를 병원으로 옮기기는 했지만 막상 어찌해야 할지 몰라 허둥지둥 헤매기 일쑤였습니다.

　그런 가운데서도 한 집안의 장남으로 막중한 책임감과 아들로서 아무것도 할 수 없는 자신이 너무 초라하고 미워서 참 많이 괴로워했습니다.

　예전에 방송을 통해 중풍 환자와 관련된 드라마나 건강프로그램에서 환자 가족들의 어려운 이야기를 접할 때만 해도 나 자신과는 아무런 상관이 없는 일인 줄 알았는데, 막상 이런 일이 냉엄한 현실로 다가오고 보니, 그동안 세상을 너무 모르고 살았던 자신이 참 한심하다는 생각이 들었습니다.

그 무렵부터 조금씩 삶에 대한 방향이 바뀌기 시작했습니다. 무엇보다 어머니에게 소중한 아들이고 싶었습니다. 더 나아가 한 집안의 장남으로서 최선을 다해 어머니를 모시고 싶었습니다. 인간으로서 최소한의 도리는 해야 한다고 생각했기 때문입니다.

병에 대한 배경지식을 얻고자 인터넷 검색을 통해 중풍에 대한 내용을 섭렵하기 시작했습니다.

그 과정에서 중풍이라는 말이 '뇌혈관의 장애로 갑자기 정신을 잃고 넘어져서 구안괘사, 반신불수, 언어 장애 따위의 후유증을 남기는 병'이라는, 한의학 용어라는 것도 알게 되었습니다.

그리고 중풍이라는 말 속에는 '뇌의 동맥이 터져서 뇌 속에 혈액이 넘쳐 흐르는 상태'인 뇌출혈과 '뇌에 혈액을 보내는 동맥이 막혀 혈액이 흐르지 못하거나 방해를 받아 그 앞쪽의 뇌 조직이 부분적으로 죽는 병'인 뇌경색이라는 두 가지 병명이 포함되어 있다는 것도 알았습니다.

어머니는 일반적으로는 중풍이라고 하지만, 좀더 정확하게 말하면 뇌경색이라는 질병인 것입니다. 그때부터는 뇌경색에 대해 집중적으로 알아보기 시작했습니다.

 조용호 (한국토지주택공사 계장)

그러던 중에 포털 사이트 카페를 통해 모 한의원에서 시술하고 있는 중풍 치료법에 빠져들게 되었습니다. 그동안 수많은 자료를 검색해 보았지만, 그것이 가장 설득력 있게 저를 사로 잡았기 때문입니다.

하지만 그곳에 바로 어머님을 모시고 진료를 받으러 가지 못했습니다. 왜냐하면 오른쪽 팔과 다리가 마비이신 어머님을 어떤 식으로 모시고 가야 할지 대책이 없었기 때문입니다. 그저 마음만 있을 뿐 어찌하지 못해 답답해하며 몇 달이 흘러 갔습니다.

그러다가 2006년 설날을 앞두고 어머니께서 입원하고 계신 병원에 병문안을 갔다가 굳은 결심을 하게 됩니다. 힘없이 누워 계신 어머니의 얼굴을 물끄러미 바라보니, 갑자기 어머니가 너무 안쓰러워서 견딜 수가 없었습니다.

며칠 후면 설날인데, 예전처럼 단란하게 온가족이 모여 명절을 보낼 수 없게 된 현실이 너무나 가슴이 아팠습니다.

지금 같은 상황이 지속된다면 다시는 예전처럼 어머니께서 손수 해주시는 명절 음식과 정겨운 시간들을 기약할 수 없다는 것이 너무나 슬펐습니다. 그리하여 설상가상으로 더 악화되는 한이 있더라도 뭔가 새로운 시도를 해봐야겠다는 결심을 하게 됩니다.

어머니가 이대로 돌아가시게 된다면 정말 견디지 못할 것만 같았습니다. 자식으로서, 장남으로서, 어머니의 병이 더 악화되기 전에 무엇이든 할 수 있는 모든 방법을 다 해보겠다고 굳게 마음을 먹은 것입니다.

설날 연휴 전날, 저는 비장한 각오로 제 차에 어머니를 모시고 포털 사이트 카페를 통해 알게 된 그 한의원을 찾아가게 됩니다.

한참을 기다린 후 드디어 원장님과의 대면이 이루어지고 어머니를 세심하게 진찰하신 원장님께서 마비된 오른손에 침을 놓았습니다.

그리고 잠시 후…. 나는 너무도 놀라 그만 심장이 멎는 줄 알았습니다. 쓰러지신 후로는 전혀 움직이지 못했던 어머니의 손이 기적처럼 순간 움찔하는 것을 똑똑히 목격했기 때문입니다.

그 날 이후로는 이 한의원에서 치료를 받으면 어머니께서 많은 차도가 있을 것이라고 굳게 믿으며, 일주일에 3회를 인천에 있는 병원에서 서울에 있는 한의원을 오가며, 어머니의 치료에 심혈을 기울이기 시작합니다. 주 중에는 구급차를 이용하고, 주말에는 제가 직접 모시고 가는 등의 방법을 선택했습니다.

어느덧 시간은 수 개월이 흘러 어머님의 병세가 차도를 보이기 시작했습니다. 한의원 원장님께서도 저의 열성에 흐뭇해하시면서 더욱 세심히 어머니를 배려해 주셨습니다.

"아드님께서는 요즘 보기 드문 효자이십니다. 그리 지극한 정성으로 보살피시니 어머니께서는 분명 좋아질 것입니다."

원장님의 덕담을 들을 만큼, 자주 만나다 보니 원장님과 개인적으로 친분도 두터워지기 시작했습니다. 그러던 중 하루는 원장님께서 저에게 이런 말을 하셨습니다.

"매번 이처럼 먼 곳에서 어머니를 직접 모시고 다니면 힘들지 않으신가요? 시간도 시간이지만 비용도 만만치 않을 텐데…. 이렇게 힘들게 다닐 것이 아니라, 아드님께서 직접 침술을 배워 보면 어떨까요? 집에서 직접 어머니한테 침을 놔드리면 경제적으로나 시간적으로 보탬이 될 테고, 어머니도 치료를 위해 힘들게 다니는 번거로움을 덜 수 있을 텐데…."

저는 원장님께서 말씀하시는 의도는 알겠지만 도저히 용기가 생기지 않아 쉽게 결정을 내리지 못했습니다. 그렇게 한 달 가까이 고민을 하던 끝에 오로지 어머니를 낫게 해 드리겠다는 일념으로 침술을 배우기 시작했습니다.

그저 안이하게 직장생활만 하던 내가 의술을 접하게 될 줄은 꿈에도 생각하지 못한 일이었습니다.

침술 공부를 시작하면서 이제까지는 나와 상관 없다고 생각했던, 한편으로는 선망의 대상이기도 했던 한의사분들과 어깨를 나란히 하며, 함께 공부를 한다는 그 자체만으로도 너무도 가슴이 설레었습니다.

물론 의학에 전혀 관심이 없었던 나에게는 너무도 어려운 공부였지만, 새로운 세상을 알아간다는 부푼 마음에 나의 가슴은 어느덧 뜨거운 열정의 소용돌이 속으로 빠져들고 있었습니다.

침술에 대한 강의를 들으며 전혀 생각지도 못했던 새로운 세상을 만나게 됩니다. 침술을 가르치신 선생님의 강의가 나를 완전히 사로 잡았기 때문입니다.

처음에는 강의를 들으며 속으로 불만이 무척 많았습니다. 왜냐하면 선생님의 강의 스타일은 침술을 배워 당장 어머니한테 활용하려는 저에게는 너무도 맞지 않았기 때문입니다.

선생님께서는 한번 강의를 하시면 3~4시간 정도 하시는데, 내가 가장 급하게 배우고 싶은, 인간을 치료하는 내용과 연관된 강의는 고작 30분 정도 하시고, 나머지 시간은 대체로 세상 돌아가는 이야기로 채워져 있었습니다.

그런 까닭에 빨리 배워서 어머니를 치료하고 싶은, 굴뚝 같은 저의 기대와는 반대로 옆길로 새는 듯한 선생님의 강의를 들으며 불만이 있어도 제대로 터트리지 못하고 벙어리 냉가슴 앓듯 시간을 보내곤 했습니다.

'나는 엄마를 치료하기 위해 배우러 온 건데 지금 뭐하는 것인가? 하루라도 빨리 배우고 싶은데 이게 뭐하는 짓인가?' 하고 말입니다.

그런데 아이러니 하게도 수개월이 지난 후에야 선생님 강의의 참뜻을 알게 되었습니다. 제가 지루하게 여겼던 강의내용이 사실은 인체를 치료하는 해법을 세상 돌아가는 이야기로 비유한 강의였던 것입니다.

　그리고 무엇보다 중요한 것은 제 마음 속에 새로운 변화가 싹트기 시작한 것입니다. 선생님의 강의를 자주 듣게 되면서 어렴풋이나마 내 삶의 방향을 점검하게 된 것입니다.

　그저 하루하루 아무 꿈도 없이 살아왔던 제 삶에 반성하는 내면의 소리가 들리기 시작한 것입니다. 인간으로 태어나, 무언가 사회에 이바지 할 수 있는 삶이 되어야지 이런 식으로 살면 안 되겠다는 생각이 머릿 속을 맴돌기 시작한 것입니다.

　'인생이라는 것이 일만 하고, 그냥 놀기만 하면 되는 것이 아니구나? 뭔가 가치 있는 삶을 살아야 하지 않을까?'

　어머니의 치료를 위해 배우기 시작한 침술과 관련된 강의가 오히려 나에게는 인생의 전환점을 되는 사건이 되었고, 지금까지 살아온 나의 인생이 어쩌면 등신의 삶이 아니었나 하는 반성을 하게 되는 계기를 마련한 것입니다.

## 「꿈꾸는 다락방」과의 만남

　2008년 2월, 제 인생에 중요한 변곡점이 되는 한 권의 책을 만나게 됩니다. 침술 공부를 하면서 막연하게 그리고 있던 꿈과 목표에 대한 실마리를 어느 지인의 추천으로 읽게 된 이지성 작가의 「꿈꾸는 다락방」이라는 책을 통해 구체화 시키는 계기를 갖게 됩니다.

처음에는 중·고등학생을 위한 책이 아닌가 하는 생각을 갖고 부담없이 읽기 시작했는데, 책장을 넘길수록 책 속에 담겨 있는 꿈을 이룬 인물들의 이야기가 신선한 충격으로 다가왔습니다.

많은 사람들이 부러워하는 유명 인사들이 꿈을 이루기 위해 어떤 방법을 쓰고 있는지를 알게 되었는데, 그 중에서도 무엇보다 가장 중요한 것이 바로 꿈을 현실로 만드는 방법에 대한 이야기였습니다.

꿈을 이룬 이들은 성공하기 위해 절실하고도 선명하게 꿈을 꾸었다는 이야기는, 그동안 어떤 삶을 살아야 제대로 사는 삶인지에 대해 방황하던 저에게 새로운 지침을 주었습니다.

책의 마지막 장에 쓰여 있는 아래의 대목은 지금까지도 저에게 큰 가르침을 주고 있습니다.

"당신의 꿈을 이루어라. 성공자가 되어라. 유명한 사람이 되어라. 부자가 되어라. 그리고 그 힘으로 세상을 위해 봉사하라. 가난한 사람들과 약자들이 행복하게 사는 세상을 만드는데 일조하라. 비록 지금은 성공의 꿈을 꾸더라도 나중에는 성자의 꿈을 꾸어라."

「꿈꾸는 다락방」을 읽은 후로 저의 인생은 완전히 180도 바뀌었습니다. 무엇보다 저에게 꿈이 생겼으며, 그 꿈을 이루기 위해 성공한 사람들의 행동을 따라 하겠다는 의지가 생겼습니다.

저는 지금도 항상 휴대하고 다니는 플래너에 제가 이루고자 하는 꿈을 구체화 시키고 있습니다.

대한민국 명강사 선정(2009)

사랑의 쌀 나눔운동본부의 세계화에 앞장선다!

벤츠 500i 구입
(2012)

'평범한 직장인에서
대한민국 명강사로'
출간 -2009

인체파동원리의 보급

야외 와인파티를
할 수 있는 저택
소유(2015)

대한민국이
필요로 하는
인재로 성장

" 나는 많은 사람들로부터 존경받는 명강사로 부와 명예를 가졌다 "

제가 갖고 싶은 자동차 사진, 거액의 수표 사진 등 제가 꿈을 이루었을 때 성취하고 싶은 것들을 항상 가슴에 품고 다니고 있습니다.

## 강사라는 직업에 매력을 느끼다

저는 그 이후 지속적으로 자기개발과 관련한 수많은 강의를 들으면서 강의가 사람의 운명을 바꿔 놓을 수 있다는 것을 알게 되었고, 강의란 단순히 지식을 전달하는 것이 아니라 한 사람의 인생을 새롭게 바꿔 놓을 수 있다는 것을 실감하게 된 것입니다.

그런 와중에 우연히 듣게 된 서상훈 소장의 강의를 통해 강사라는 직업에 더욱 큰 매력을 느끼게 되었고, 새로운 세계에 대한 도전의식을 불러 일으키는 계기가 되었습니다.

나의 마음은 어느새 강사가 되고픈 열정이 꿈틀거리고 있었고, 꿈이 없는 젊은이들에게 꿈을 심어 주는 강사가 되고 싶은 마음을 넘어 나도 한번 명(明)강사가 되겠다는 꿈을 가슴에 새기기 시작했습니다.

어머니의 병을 치료하기 위해 이곳 저곳 관심을 갖게 된 이후로 사회복지에도 관심을 갖게 되었습니다. 세상에는 어머니와 같은 병으로 병상에 계시면서 세상에 소외된 채 살아가는 사람들이 많다는 것을 알게 되었기 때문입니다.

그런 이유로 사이버 대학에 진학, 사회복지사 자격증을

취득하기 위해 공부를 하기 시작했습니다. 그 과정에서 마지막 학기에 실시하는 현장실습을 통해 모 시설의 원장님과 끈끈한 인연을 맺게 되었습니다.

어느 날 원장님은 저에게 이렇게 물었습니다.

"직장에 근무하면서 사회복지에 관심을 갖고 공부하시기가 힘들지 않나요?"

그러나 저는 나의 의지를 당당히 말씀드렸습니다.

"저는 제 삶을 세상에 가치 있는 일에 바칠 꿈을 갖고 있습니다. 복지사 자격증 취득도 그러한 연유로 하는 것입니다."

저는 그러면서 자연스럽게 어머님의 중풍 치료를 위해 배우게 된 침술과 관련한 강의 속에서 세상을 보는 혜안과 인생을 어떻게 영위하는 것이 바람직하게 사는 것에 대한 눈을 뜨게 된 경위와, 「꿈꾸는 다락방」을 통해 이제부터라도 누군가의 삶에 멘토 역할을 하는 사람이 되기 위해 강사의 길을 가겠다고 말씀드렸습니다.

그리고 언젠가는 명강사가 되어서 꿈이 없는 이들에게 꿈을 싶어주고, 자아실현에 목 말라 하고 있는 많은 이들의 삶 속에 한 줄기 생명수와도 같은 역할을 해주는 그런 삶을 살고 싶나고 포부를 밝혔습니다.

그러자 원장님은 빙그레 웃으시면서 나에게 맞을 거라면서, 강사가 되고 싶다면 한번 도전해 보라며, 『성희롱예방교육전문강사』과정에 손수 추천서까지 작성해주시면서 적극 밀어주셨습니다.

저는 양성이 조화롭게 일할 수 있는 신바람 나는 직장문화 조성에 기여할 수 있는 분야에 강사가 될 수 있다는 꿈을 갖고 원장님께서 추천한 기관에 지원을 하였습니다.

그리고 망설임 없이 그 해 4월에 있는 교육과정에 입소를 하게 됩니다. 그때 교육 참가자의 대부분은 지역에서 상담소를 운영하시거나 그와 관련된 일에 종사하시는 분들이 대부분이었습니다. 교육 중에 조별로 교육을 받는 관계로 과정이 끝나갈 무렵에는 어느덧 많은 사람들과 친하게 되었습니다.

과정을 수료하면서 서로 간에 연락처를 주고 받았는데 그 중에는 나와 같은 지역 보호관찰소에서 근무하시는 사무관도 있었습니다.

## 열정을 불사른 강사로서의 첫발

그런데 몇 주 후에 그 사무관님으로부터 전화가 왔습니다.

"조 선생님, 저희 보호관찰소에서 청소년대상으로 강의가 있는데 꼭 좀 와 주셨으면 합니다."

그 당시에 저는 명강사가 기필코 되겠다는 꿈을 이루기 위해 제일 먼저 한 일이 (사)한국강사협회에 회원으로 정식으로 가입을 하고, 꿈을 실현시키는 방법으로 이미 강사가 되었다는 생각을 절실히 갖기 위해, 명함 하단에 강의분야까지 기재를 하여 만나는 사람마다 명함을 주었던 것입니다.

「꿈꾸는 다락방」을 통해서 꿈을 이루고 싶으면 이미 꿈을 이룬 듯이 사고하고 행동하라는 것을 따라한 것입니다. 그랬더니 정말 기적처럼 저의 꿈이 현실로 다가온 것입니다. 마침내 꿈을 꾼 지 얼마 되지도 않았는데 첫 강의의 기회가 찾아 온 것입니다.

저는 강의 의뢰를 받는 순간 기쁨 마음에 어쩔 줄을 몰라 했습니다. 물론 한편으로는 첫 강의를 잘 해야만 한다는 강박관념에 빠지기도 했습니다.

하지만 최선을 다해 강의를 준비했습니다. 무엇이든지 최선을 다 해야 직성이 풀리는 나의 성격도 한 몫을 단단히 했습니다.


그리고 마침내 첫 강의를 했습니다. 첫 강의에 대한 부담감을 떨쳐 버리기 위해 열심히 준비를 하느라 강의 전날 잠도 제대로 이루지 못했습니다. 하지만 막상 강의를 시작하고 보니 잠을 설친 전날 밤의 피곤은 아무런 문제도 되지 않았습니다. 강의를 진행하면서 어느덧 피곤과 긴장감은 사라지고 나 자신이 강의에 몰입되어 가는것을 느낄 수 있었죠.

그렇게 첫 시간은 별 문제없이 잘 했다고 생각했는데, 둘째 시간에 맨 앞 자리에 앉은 학생 한 명이 무언가를 적고 있는 것이 눈에 거슬렸습니다.

'강의가 재미 없어서 그럴까? 아님 다른 걱정이 있는 걸까?'

별별 생각이 다 들었습니다. 강의를 하는 내내 수강생이 저렇게 딴짓을 하는 것은 나의 책임이라는 생각을 떨쳐 버릴 수 없었고, 신경이 쓰여 그 학생을 더욱 배려하며 강의를 하였습니다.

어쨌든 그렇게 첫 강의를 마치고 사무관님에게 인사를 하러 갔더니, 저를 보고 호탕한 웃음을 지으며 말했습니다.

"조 선생님, 강의가 정말 좋았나 봅니다."

"예?"

"아까 쉬는 시간에 한 학생이 사무실에 찾아와 메모지와 펜을 달라고 하기에 이유를 물었더니 강의내용이 너무 좋아 내용을 메모하고 싶다고 하더군요. 이 곳은 아이들이 교육을 받고 싶어서 오는 것이 아니라 억지로 들어야 하는 자리이기 때문에 강의를 메모하겠다는 경우는 정말 처음 있는 일입니다."

사무관님은 이렇게 말씀하시며 밝은 미소를 지어주었습니다.

저는 그때 새로운 것을 알았습니다. 보호관찰소 강의는 수강생들 자유 의지로 선택한 것이 아니라 벌칙의 개념으로 꼭 들어야 하는 강의이기 때문에 인기가 없다는 것을. 수강생들은 어떻게든지 시간만 채우기 위해 앉아 있는 경우가 많다는 것을.

그럼에도 불구하고 그 중에 한 학생이 제 강의에 진지하게 메모까지 하며 집중을·했다는 것은 대단한 성과라며 사무관님이 칭찬을 아끼지 않았던 것입니다.

저는 그 당시 「꿈꾸는 다락방」에 있는 내용 중에서 제가 가장 감동을 받았던 부분을 발췌한 내용을 가지고 강의를 했습니다. 그리고 그것이 학생들에게 통했다는 것을 알게 된 것입니다.

그 순간 나의 뇌리를 스치는 생각은 강사의 의도와는 별개로 강의라는 것이 어떤 사람에게는 삶의 방향을 새롭게 설정할 수 있는 계기도 될 수 있다는 것을 알았습니다.

강사가 참으로 가치 있는 일을 하는 직업이라는 것을 실감했으며, 나에게는 다시 한번 名강사의 꿈을 가슴에 새기는 계기가 되었습니다.

　　여담이지만 그 당시 저는 전혀 뜻밖의 경험도 하게 됩니다. 행운이란 스스로 찾아 오는 것이 아니라 열심히 노력을 하는 자에게 찾아온다는 소중한 경험을 한 것입니다.

　　바쁜 회사생활의 틈바구니 속에서도 강사로서의 소양을 함양하기 위해 많은 교육과 세미나에 참석했습니다.

　　어느 날 세미나 후 뒤풀이에서 우연히 그날의 연사로 참석하신 분의 옆자리에 앉게 되었습니다. 그러다보니 자연스럽게 많은 대화를 나눌 수가 있었습니다. 그런 와중에 저는 그 분의 인품이 너무도 존경스러운 나머지 저런 분과 자주 만나 뵙고 조언을 듣는다면 너무 좋겠다는 생각을 했습니다. 그런데 대화를 하다 보니 마침 그 분의 자택이 저와 같은 인천인 것을 알고 더욱 친근감을 느꼈습니다.

　　그래서 자연스럽게 가까운 시일 내에 만날 것을 약속하고 헤어진 후, 몇 주 후에 그 분을 만나게 되었습니다.

　　그 분을 만나기 전에 내심으로는 오늘 만나 뵙게 되면 기회를 봐서 정중히 나의 멘토가 되어 주실 것을 부탁드려야겠다는 생각을 했습니다.

　　그런데 그 분께서 대화 중에 선뜻 멘토가 되어 줄 테니 세상에 없어서는 안 될 소금 같이 소중한 인물이 되라며 용기를 북돋아 주셨습니다.

그 분이 바로 (사)한국신장협회 초대회장을 역임하시고 지금은 노숙자분들의 아버지로서 소외된 계층의 어려움을 도와주는 사업에 앞장서고 계시는 [사랑의쌀 나눔운동본부] 이선구 이사장이십니다.

이사장님의 도움으로 뚜렷한 사명감을 갖고 세상에 이바지하기 위해 오늘도 동분서주하고 계시는 많은 훌륭한 분들을 접할 수 있었고, 저 또한 사회공헌에 대한 인식의 전환을 하게 되었습니다.

지금 이 순간에도 제 자신이 어려운 이웃을 위해 미력이나마 도움을 주고자 노력하고 있는 이유가 여기에 있습니다.

보호관찰소에서 강의를 하고 난 다음부터는, 회사에서도 제가 강사로 활동을 한다는 것을 알게 되었습니다. 강사의 꿈을 꾸고 강사가 되었다는 생각으로 강사의 길을 걷고 있으니 점차 강사로 인정해 주는 사람들이 늘어나기 시작한 것입니다.

그 이후로는 사내 직원들을 대상으로 전국의 사업장을 순회하며, 수차례에 걸쳐 성희롱예방교육을 실시하게 되었습니다.

명실상부한 강사로서 성인을 대상으로 교육을 하기 시작하게 된 것입니다.

# 열정을 불러 일으키는 명(明) 강사의 꿈

그 해 여름휴가 때의 일입니다. 가족들과 야외에서 저녁식사를 하고 있었습니다. 그런데 누군가 저를 알아보고 다가왔습니다.

"혹시 조용호 강사님 아니십니까? 그때 강의 참 잘 들었습니다."

저는 그 사람이 누군지 전혀 기억할 수 없어 조심스럽게 물어보았습니다.

"혹시 실례지만 저를 어떻게 아시는지요?"

제가 이렇게 되묻자 그 사람은 겸연쩍은 미소를 띄우며 대답했습니다. 바로 저와 같은 회사에 근무하는 직원으로, 제가 하는 성희롱예방교육을 받았다는 것입니다.

같은 직장 동료인 것도 반가웠지만, 나의 강의를 듣고 정말 인상적이어서 아직도 기억한다는 말을 들있을 때는 정말 기뻤습니다. 그날 회사 동료와의 만남 이후로 강사의 말 한 마디가 얼마나 중요한 영향을 끼치는지도 새삼 깨닫게 되었습니다.

지금도 가끔 그때 일을 생각하면 웃음이 절로 납니다. 강사로서의 길이 얼마나 가치 있는 길인지 다시 한번 확인하게 되었고, 지금 제가 선택한 꿈이 얼마나 의미 있는 일인지 자부심을 갖게 되었습니다.

앞으로 제가 가고자 하는 명(明) 강사의 길이 바로 나의 인생에 가장 가치 있는 삶을 사는, 제가 꼭 걸어가야 할 나의 길이라는 확신을 갖게 된 것입니다.

지금도 항상 마음속에 품고 다니는 명언 한 구절이 있습니다.

"사람의 몸은 심장이 멈췄을 때 죽었다고 하지만, 사람의 영혼은 바로 꿈이 없을 때 죽었다."

지금 이 순간에도 이 말을 제 가슴 속에 깊이 새기며, 대한민국 명(明)강사로서 자라나는 청소년들에게는 꿈을 심어주고자 노력하고 있습니다. 아울러 심각한 사회문제로 대두되고 있는 저출산 고령화 시대를 맞아 힘들어 하는 중·장년층에게는 새로운 삶을 설계하는데 도움을 줄 수 있는 명(明)강사로 우뚝 설 것을 다짐해 봅니다.

그러면서 저는 "나의 열정을 불러 일으키는 것은 꿈"이라고 자신있게 외쳐 봅니다. 꿈이 있기에 그 꿈을 실현하기 위한 열정을 피워 올릴 수 있기 때문입니다.

백국선(白國善) ▪
㈜다움HRD 대표

## 강의분야

소통과 조직활성, 자기관리와 골프
자신을 뛰어 넘은 퀀덤점프자기세움

## 주요경력 및 자격

전 비비 푸드시스템 대표이사
인천여자공고 운영위원
인하부중 운영위원회 부회장
인천공고, 여자공고 겸임교사
허브쿠키 프리앙 대표이사
현 주식회사 다움 대표이사
현대문학 시인
usgtf golfteaching pro
한국상담학회 집단상담 동계연수
인하대학 사회 교육원 방송 창작학과 수료
(사)한국강사협회 이사
(사)한국지도자아카데미-19기 수료
(사) 한국산업카운슬러협회 - 카운슬러 자격
(사) 한국산업카운슬러 협회 7st마음의 지도자자격
(사) 국제웃음치료사협회 웃음치료사, 펀리더십
프로강사 인스드렉터 수료

## 주요강의경력

서울 인재개발원, 창의혁신과정 , 5급 승진자 과정, 제주 인재개발원
3년출강, 오크밸리골프티칭, 천안경찰 연수원, 건국대학병원(서울),
중소기업청, 창업 진흥원, 광진 청소년수련원, 롯데리아, 주식회사 태광,
주식회사 대상, 한국소비자 보호원 서귀포 평생학습센타, 제주 미용
협회 등

## 방송 및 인터뷰 경력

sbs, 강원 mbc, 전북 mbc sbsgolf 등

백국선 블로그: http://blog.naver.com/dellysun

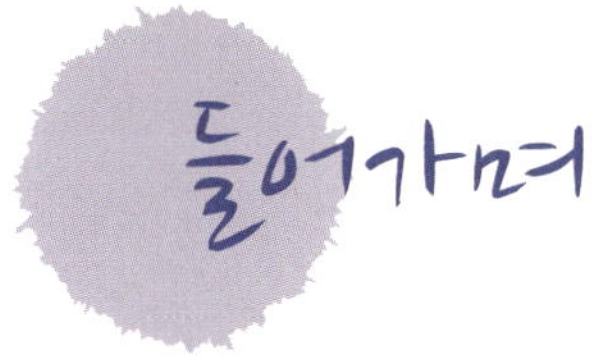

열정하면 떠오르는 것이 나의 호기심으로 가득 찬 내 안의 숨겨있던 꿈이었습니다. 그래서 저는 내재된 역량을 이끌어 내는 '퀀덤점프자기세움'이란 프로젝트를 개발하였습니다.

자기 세움이란?

스스로 잠재된 역량 자기 재능을 강화하여 개인의 재능이 세상의 필요와 만날 수 있도록 하는 것입니다.

"어디를 헤매고 있느냐? 네 안에 넘치는 꽃을 어이 하고."

한 사람의 변화는 가정과 조직을 송두리째 변화시키는 무한한 힘을 가지고 있습니다. 모든 사람에게는 필요한 모든 것이 잠재되어 있다는 내재역량에 대한 믿음은 확고한 신념으로 자리 잡았습니다.

세상에 단 하나밖에 없는 사람, 나 자신의 변화로 세상을 변화시킬 프로젝트, 그래서 현재 제 꿈과 모두의 꿈을 좀 더 구체적으로 실현시켜 보고자 <주식회사 다움>을 설립해서 저의 열정을 쏟아내고 있습니다. 칼 로저스 박사의 인간상담 중심기법의 '사람에 대한 긍정적 신뢰'와 임마누엘 칸트의 '철학적고찰질문기법'을 통해서 '퀀덤점프자기세움'을 기업교육과 공직자인재개발원에 교육 프로그램으로 도입해서 저의 숨은 내재 역량을 발휘하고 있습니다.

"학습자는 최고의 교수법을 숨겨둔 교수다."

저는 강의에 나설 때마다 항상 이 말을 가슴에 새기곤 합니다.

'훌륭한 강의란 무엇일까?'

저는 늘 고민합니다. 단순히 전달자가 되기보다는 학습자가 자신의 내면에 담겨 있는 역량을 스스로 발견하고, 재능을 발견할 수 있도록 긍정적인 내면을 어떻게 성장할 수 있도록 도와 줄 것인가에 대해서 늘 고민을 하고 있습니다.

'마음의 문을 열어 주는 강의, 관점을 변화 시켜 줄 수 있는 강의, 자신의 삶에 대한 책임감을 강화시켜 주는 강의, 하고 있는 일에 대한 사명감을 인식하게 하는 강의'가 바로 자기세움이며 내재역량에 대한 믿음입니다.

저는 상담이나 강의를 할 때 잠재역량은 무한한데, 오직 자신만이 그 내적역량에 대한 의구심을 갖는 분들을 만나게 됩니다. 그때마다 저는 스스로 내재 역량에 대한 믿음을 주는 상담을 하곤 합니다. 더욱 놀라운 건 적극적인 지지와 경청으로 아주 짧은 시간 속에서도 변화를 느끼게 해 줄 수 있다는 것입니다.

현재 우리나라는 청소년 자살률 1위입니다. 그뿐 아니라 성인들의 이혼율도 세계 1위입니다. 그 이유는 무엇일까요?

여러 가지 측면이 있겠지만, 청소년뿐 아니라 성인들도 정체성을 찾지 못하고, 헤매고 있다는 반증이 아닐까 싶습니다. 스스로에대한 신뢰, 믿음이 부족한 것이 현실입니다. 그렇다면 그 정체성의 실체는 무엇일까요? 무엇이 정체성을 확립시키는데 도움이 될까요?

저는 그것은 자신의 내재역량에 대한 믿음과 신뢰라고 생각합니다. 자기 자신에 대한내적 역량을 믿고 자신의 의지대로 행동할 수 있다면, 정체성 및 신념을 확고하게 세울 수 있는 것입니다. 그 근원의 힘이 바로 열정입니다.

우리는 지금 무구한 역사와 선조들의 조국에 대한 열정을 바탕으로 이루어진 나라에 살고 있습니다. 그렇다면 무엇이 선조들의 열정을 이끌어 냈을까요? 그것은 우리 안에 숨어 있는 창의적인 역량 잠재능력이라고 생각합니다. 선조들의 무한한 힘을 지금 우리가 이어받아 산업사회의 대한민국을 발전시키고 있는 것이라고 생각합니다.

그런데 현재 우리들의 내면 모습은 어떤가요? 외적성장에 맞춰 내적성장은 따라가지 못하고 있는 것이 현실입니다. 그렇다 보니 개인적 갈등뿐 아니라 사회적 갈등도 심화되어 정체성에 대한 갈등으로 표현되고 있습니다. 정체성에 대한 내적갈등은 결국 가정의 불화로 이어지고 있습니다. 그것이 바로 조직 사회의 갈등 요인으로 연결되고 있다고 판단됩니다. 그것들을 뛰어넘기 위해서는 내적역량을 강화, 즉 자기 긍정성을 강화하는 것이 무엇보다 시급하다 하겠습니다.

"학습자는 최고의 교수법을 숨겨둔 교수다."

이 말은 학습자 내부에 이미 동기부여가 되었다는 믿음의 표현입니다. 그 믿음은 이제 자신을 비롯하여 조직에게 좋은 영향을 미치는 동기부여로 이어지기 위한 교육으로 이어져야 합니다. 개개인별로 다르게 동기화 되어 있는 열정을 같은 순방향으로 향하게 하여 조직의 힘을 발휘하게 하는 것입니다.

강사의 사명은 학습자들의 열정을 어떻게 이끌어내느냐는 것입니다. 모든 주체성을 확립하고 목표를 인식하고 사고의 유연성을 확장하는 것이 매우 중요한 문제일 것입니다. 어떤 것이든 스스로 하겠다는 열정, 나 자신의 힘을 믿고 끝까지 이루고자 하는 목적을 달성하기 위해 온 힘을 쏟는 열정, 이 모든 것은 자신에 대한 확고한 믿음이 없으면 불가능한 일이기 때문입니다.

긍정적인 공감과 적극적인 지지, 그것이 바로 질문과 대화로 이어지는 교육 기술입니다. 저는 '퀀덤점프자기세움' 교수법을 통해 학습자가 스스로 내재역량을 발견하도록 돕는 강의 프로젝트를 진행하고 있습니다. 심리변화를 통해 잠재되어 있는 무의식, 즉 잠재 능력 속에 숨은 능력들을 발견하도록 함으로써 스스로 그 문제의 중심에 서게 하는 것입니다.

내가 누구인지?

내가 무엇을 향해서 가고 있는지?

내적 상처가 어떤 방해를 하고 있는지?

스스로 발견하도록 돕는 것입니다. 그리고 스스로 소중한 사람이며 사랑스러운 존재라는 것을 강화 시키는 것입니다.

타인에게 의지하며 사는 것과 자신이 온전히 자신답게 살아가는 방법의 차이를 이해하고 받아들이며, 자기다움의 본질인 내재역량을 스스로 발견하여 개인의 삶과 조직의 변화를 일선에서 돕는 것입니다.

심리학자인 칼 로저스 박사는 "모든 사람 안에는 필요한 모든 것들이 이미 내재되어 있다"라고 말했습니다.

저는 사람마다 독특한 개성이 있고, 누구에게나 자신만의 특별한 그 무엇 하나가 있다고 확신합니다. 그 특별함이 세상의 필요와 만났을 때 비로소 빛날 수 있는 것처럼 말입니다.

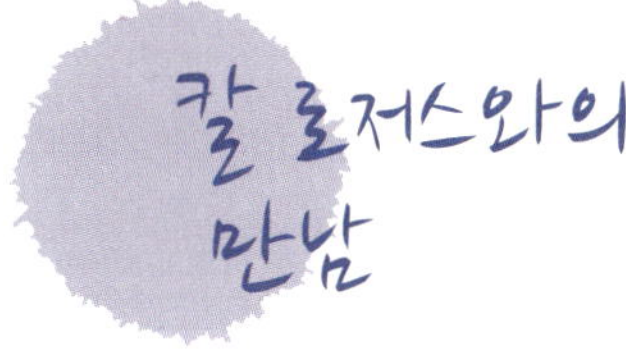

심리학자 칼 로저스【Carl Ransom Rogers, 1902. 1. 8~ 1987. 2. 4】는 비지시적 카운슬링의 창시자입니다.

제가 로저스 박사를 안 것은 산업 카운슬러 공부를 할 때였습니다. 카운슬러 공부를 하면서 접한 인간중심 상담기법은 저에게 캄캄한 밤하늘에 도렷이 빛나는 별 하나를 만난 것과 같은 기쁨이었습니다.

인간중심 상담기법을 처음 접했을 때 그 놀라움은 지금도 가슴을 뛰게 만들고 있습니다. 막연했던 삶의 기로에 한줄기 빛을 만나는 것과 같은 것이었습니다. 그동안 막연하고 답답하기만 했던 의구심을 풀어낼 수 있는 혜안을 발견하는 것처럼 말입니다.

지금까지 저는 제과제빵 일을 하면서 달려왔습니다. 디저트 분야의 새로운 장을 열어 하나델리, 주식회사 비비푸드시스템을 운영했습니다. 30년 동안 저에게 제과라는 일은 제 삶의 전부였고 생활이고 꿈이었습니다.

저는 그때 제가 원하던 집, 별장, 차량, 다복한 가정, 사회적인 지위 등등 주변에서 이야기하는 자기분야에서 성공한 사람이란 이야기를 들어 왔습니다. 제과업종 중에서도 세분화 시켜 디저트 분야 시장을 개척한 결과였습니다.

제 삶의 열정은 대부분 제과라는 현장에서 이뤄졌고, 그것이 제 삶의 전부였습니다. 마침내 업계 1위라는 명예를 누려 보았습니다. 그렇게 저는 15년 간 디저트 업계의 리더로서 자리를 굳혀 왔습니다.

그러나 자리가 굳혀 갈수록 허전해 지는 한쪽의 빈 가슴을 채울 방법이 없었습니다. 아이엠에프(IMF) 처럼 국가의 아픔이 있을 때, 케이크 배달 서비스를 시작했습니다. 작은 노력이 시름에 잠긴 국민들에게 조금이라도 기쁨을 줄 수 있다면 행복 하겠다는 사명감으로, 체인 케이크 배달 업체를 운영하여 높은 호응을 얻어냈습니다. 누군가를 위해서 무엇을 할 수 있다는 것은 참으로 의미 있는 기쁨이라는 것을 처음으로 느낀 사건이

기도 했습니다. 그러면서 우연한 기회에 불우 아이들의 체험 교육에 참여하게 되면서, 아이들에게 체험교육의 중요성을 느끼게 되었습니다. 그래서 체험학교 '프리앙 허브쿠키 만들기, 케이크 만들기' 학교도 운영하였습니다.

제가 할 수 있는 분야에서 뭔가 기여한다는 것은 커다란 기쁨이자 희열이었고, 삶의 방향성을 새롭게 찾을 수 있는 기회이기도 하였습니다. 다시 사회에 뭔가 기여한다는 자부심은 희열이었습니다.

그런 가운데 가르친다는 것은 배움이자, 깨달음이자, 자긍심이라는 것을 느끼게 되었습니다. 그것은 곧 깨달음으로, 스스로에 대한 질문으로 이어졌습니다.

'지금 제대로 살고 있는 거니?'

항상 제가 소망하던 그림 위에 앉아 있는 나, 허공에서 바람이 불면 사라질 것 같은 존재감은 유년시절, 제가 그렇게 꿈꾸었던 일들이 한 편의 스크린처럼 제 앞에 펼쳐져 있었습니다. 그렇게 어느 정도 꿈을 이뤘다고 생각할 무렵에, 저는 저의 삶에 대한 의문과 허전함을 키워가고 있다는 것을 알게 되었습니다.

'올바르게 산다는 것 − 의미 있게 산다는 것은 무엇인가?'

'이 세상에 무엇을 기여할 것인가? 100년 뒤에 나는 무엇으로 기억될 것인가? 나는 왜 살고 있는가? 나는 무엇으로 살아야 하는가?'

내면의 질문들은 나에게 삶의 대한 방향을 지금까지 살아왔던 것들에 대해 후회를 하기에 이르렀습니다. 이런 고민이 싹트기 시작하자, 지금까지 누리던 물질적인 만족감, 편안함, 안락감이 단조로운 삶의 무거운 짐으로 느껴지지 시작했습니다.

그러자 제 속에 또 다른 제가 끊임없는 질문을 해 오기 시작했습니다.

'나는 과연 무엇인가? 나는 무엇을 하고 싶은가? 무엇을 해야 하는가? 아, 이게 인생이라면 나는 왜 살고 있는 걸까? 제대로 사는 것은 무엇일까?'

'나는 무엇 때문에 사는 것이고, 내가 죽고 나면 무엇이 남을 것인가?'

주변에선 저를 보고 나름대로 성공했다며 선망의 눈길을 보내기도 했지만, 그런 말을 들을수록 부끄럽게 여겨졌고, 내 삶의 민망함에 어쩔 수가 없었습니다. 지금까지 열심히 잘 살아 왔다는 스스로에 대한 자부심이 수치심으로 이어져서 누리고 있는 모든 것들이 부질없이 느껴졌습니다. 그러면서 저는 정신적으로 방황을 하게 되었습니다. 자신의 정체성을 잃어버린 것입니다. 산다는 것은 참 재미없는 일이었습니다.

저는 그동안 일을 하면서도 무엇인가 알 수 없는 무엇에 쫓기듯 살아 왔습니다. 저는 과연 무엇을 할 수 있으며 무엇을 해야 행복할 것인가?

이 화두는 저에게 한동안 삶의 정체성과 주체성에 대한 심각한 내적 고민을 하게 만들었습니다. 삶의 균형이 깨지면 살아도 사는 것이 아니고, 살고 있어도 이미 죽은 존재처럼 여겨졌습니다. 규칙과 습관에 얽매인 일상으로 훈련된 생활에서 나의 존재감은 드러나는 것, 보이는 것으로 평가받고 있다는 것을 깨달았습니다.

그동안 그저 주어진 현실에 뒤도 옆도 보지 않고, 앞만 보며 묵묵히 달려 왔던 것입니다. 그 시절에 대한 후회스러움과 고통스러움이 항상 제 가슴 속에 뒤범벅이 되어 있었던 것입니다.

그때 저는 진지하게 고민을 하기 시작했습니다.

'내 가슴에서 시키는 일이 무엇일까?'

'내 가슴에서 하고 싶은 의미 있는 일은 무엇일까?'

'내가 이대로 죽는다면 무엇이 남을까?'

정신적으로 방황을 거듭하던 끝에 저에게 내린 결론은 하나였습니다.

'그래, 이대로 살 수는 없다. 뭔가 마음에서 시키는 대로 그냥 따라 가 보자.'

그리고 저는 제 마음이 시키는 대로 저 자신을 맡겨 보았습니다.

그렇게 마음이 시키는 대로 따르기로 결정하고 나자 내 눈에 대문짝만하게 보이는 것은 바로 서울대 김창대 교수님이 운영하는 집단상담 프로그램이었습니다. 제가 그 프로그램에 참여한 것은 정말 제 인생의 중요한 전환점이었습니다.

집단상담 프로그램에 참석한 첫날 저는 화가 나기 시작했습니다. 도대체 뭔가를 알려 줄 것 같아서 왔는데, 연속되는 질문과 의미 없다고 생각되는 질문들이었습니다.

'도대체 내가 여기 왜 온 거지? 난 이곳에 비싼 시간과 돈을 줘가며 왜 온 거야?'

저는 끊임없이 이렇게 투덜거리고 있었습니다. 저의 투덜거림이 한계에 달했을 무렵에 교수님이과 주변 사람들은 저를 향해 말했습니다.

"백국선 씨, 당신 이야기를 하세요. 당신이 없잖아요, 당신이. 도대체 당신은 어디 있는 겁니까?"

저는 그 말을 듣고 더욱 혼란스럽기 짝이 없었습니다.

'여태 말한 게 나인데 내가 없다니? 내가 내 입으로 말을 한 건데, 나더러 내 이야기를 하라니?'

화가 나기도 하고 어이가 없기도 하고 인정하고 싶지 않았습니다. 그리고 반박을 했습니다.

"제가 말했고, 제 입으로 한 말이고, 바로 저입니다."

그러자 교수님이 다시 말합니다.

"당신은 없어요. 당신은 도대체 어디에 있는 겁니까? 가엾군요. 당신이 참 불쌍하군요."

그 말이 끝나기가 무섭게, 저도 모르게 이유도 알 수 없는 눈물이 나오기 시작했습니다. 제 어린 시절, 어린 나이에 사회생활을 하면서 꽁꽁 숨겨두었던, 두려움이 느껴지기 시작했습니다.

그리고 어린 아이, 상처투성이인 어린 국선이가 울고 있는 것이 느껴졌습니다. 어른들이 무심코 한 말. 위로받지 못하는 상처들, 아버지의 죽음, 가정의 불화, 그리고 그것들을 기억조차 하기 싫은 내가 중심에 외롭게 있다는 것을 알아 차렸습니다.

집단 상담프로그램 첫날 저는 한숨도 잘 수가 없었습니다. 제 마음에 커다란 바위 덩어리가 내 심장을 누르고 있다는 것을 알았습니다. 심장을 누르고 있는 바위의 존재를 알게 되자 나는 두렵고 무서웠던 것입니다. 그래서 그렇게 화를 냈고, 내 감정의 파도에 휩쓸렸던 것이란 걸 알아 차렸고, 이젠 그 바위를 내 심장에서 떼어내야 겠다는 용기가 생겼습니다.

"나를 짓누르고 있는 저 바위를 떼어내야 해."

어떤 영문인지 모르지만 그런 생각들이 떠올랐습니다.

밖으로 나가자는 팀원들의 요청도 거부한 채 저는 숙소에 혼자 있었습니다. 커다란 망치로 내 심장을 맞은 느낌과 숨조차 쉴 수 없는 고통으로 온몸은 바들바들 떨고 있었습니다. 몸부림으로 세 시간 정도 있었습니다. 그때 누르고 있던 바위가 떨어져 간 그 느낌 뒤에 오는 고통은 훨씬 더 했습니다.

저는 욱씬욱씬 심장이 아프고 시큰거려서 반듯하게 누울 수가
없었습니다. 저는 엎드린 채 숨을 겨우 겨우 쉬고 있었고, 두 손
으로 심장을 안고, 밤 새워 전화기를 들고 아내에게 고통을 호소
하였습니다.

아내와 가족들은 몹시 불안한 모습으로 나에게 그만 올라오라
했습니다. 저는 고통을 참아낼 힘조차 없었던 겁니다. 그렇게
사투를 벌이던 새벽, 저는 새벽 5시쯤 돼서야 잠깐 잠이 들었습
니다.

깜깜한 밤길을 걷고 있었습니다. 그때 어디선가 나타난 원색
깃발 5개가 제 앞을 가로 지르며 저를 이끌었습니다. 온통 주변
은 어둠뿐이고 내 눈에 보이는 것은 오직 흰색, 빨강색, 파란색,
검정색, 노란색…. 다섯 개의 깃발뿐. 나는 그 깃발을 따라 어디
론가 가고 있었습니다. 좌우로 흔들어 대는 깃발을 한참 따라가
자, 그 깃발은 사라지고 드넓고 눈부신 바다가 내 눈 앞에 펼쳐
져 있었습니다. 반짝이는 물빛과 맑은 바다 평화와 사랑이 느껴
지는 바다!

'아, 좋다. 정말 좋다.'

어디선가 들려오는 소리.

"바로 너야. 이 바다가 너야. 어서 와. 들어 와. 이게 네 모습
이야, 이것이."

"그럼 깃발은 뭐야?"

"그것은 네 가슴속에 상처야. 이젠 사라졌어. 바로 네가
바다야. 넌 바다…."

그때 누군가가 저를 흔들어 깨웠습니다.

"사장님, 괜찮으세요? 사장님! 사장님!"

제가 번쩍 눈을 떴을 땐 같은 방을 사용하는 팀 동료가 걱정스러운 표정으로 날 지켜보며 흔들어 깨웠습니다. 온몸은 땀으로 흠뻑 젖어 있었고, 난 엎드려 웅크린 채 있었습니다.

"왜, 그러세요? 어디 아프세요?"

"아니요."

"그런데 왜 엎드려서…. 이 땀은 뭐예요? 방이 더우세요?"

"그거는요….'

말을 이을 수가 없었습니다. 창피하기도 하고 부끄럽기도 하고 숨기고 싶었습니다.

"정말 괜찮으신 거예요? 많이 아프신 거면 앰불런스 부르려고요."

"아…. 아닙니다, 괜찮습니다."

간신히 몸을 추스르고 서둘러 방을 나왔습니다. 밖에는 아직까만 밤하늘에 별들이 총총 빛나고 있었습니다. 꿈 속에 그것들을 다시 떠 올려 보자, 신기하기도 하고 이상했습니다. 그 순간 제 마음 속에서 욱신거리던 심장도, 억눌렸던 가슴도 개운해졌습니다.

다음 날, 저의 표정을 살피시던 교수님이 질문을 하였습니다.

"무슨 일이 있으셨네요. 제 눈엔 뭔가 변화가 느껴지는데. 이유를 말씀해 주실 수 있나요?"

조심스레 꿈 이야기를 하자 교수님과 팀원들에게 축하 세례를 받았습니다. 그리고 워크숍 사례로 저의 이야기가 소개되었습니다. 새로 태어난 느낌, 자유로운 느낌, 새로운 무언가가 나를 향해 손짓하고 있는 느낌이 돌아오는 길 내내 넘치고 있었습니다.

“마음이 시키는 대로 하자 마음이 시키는 대로.”

그때부터 공부를 하기 시작했습니다. 그때 나이 서른 넷, 매일 5시면 어김없이 일어나서 책을 읽고, 기록하기를 5년, 어느 날 제 가슴에서 저를 불러 세웠습니다.

## 클라이언트로부터 받은 선물

그 날 이후부터 저는 이곳저곳 하고 싶은 공부를 하러 다녔고, 카운슬러자격증을 수료하게 되었고, 다른 사람들에게 5년 후 주변 사람들을 무료 상담을 해 주고 있었습니다. 그런데 어느 날 아주 뜻 깊은 클라이언트를 만났습니다. 그 분은 제가 겪었던 것과 같은 이야기를 저에게 하고 있었습니다.

상담이 이뤄지는 과정 중에 어느 날이었습니다.

“선생님, 이상해요. 달라진 건 없는데, 왜 이렇게 모든 게 다르죠? 제가 잘못된 건가요? 저에게 무슨 문제가 생긴 건 아닌가요?”

“무슨 일 때문에 그러시는데요?”

“선생님하고 상담을 하고 난 뒤부터 모든 게 이렇게 쉬워도 되는 건지, 내가 이렇게 행복해도 되는 건지, 자유로워도 되는 건지 그게 두려워요.”

“왜 두렵다고 생각하죠?”

“사람들이 날 힘들게 한 게 아니라 내가 날 힘들게 해서 생긴 문제가 아닌가 하는 생각이 들어요. 이게 맞는 건가요?”

저는 이렇게 말했습니다.

“제 말을 따라 해 보세요. 내가 이 선택을 선택하기로 선택했다.”

그러자 그 분이 그대로 따라 했습니다. 그리고 이렇게 물었습니다.

“그럼 지금까지 모든 일들이 저의 선택 때문에 일어난 것이라라는 말씀인가요?”

“글쎄요, 그게 맞지 않을까요?”

그런 상담 과정을 통해서 그 분은 대단한 뭔가를 깨닫는 것 같았습니다. 상담이 4회쯤 진행되던 때 그 분은 나에게 이런 말을 하였습니다.

“선생님 덕분에 제 인생이 새로워졌어요. 이제 알았어요. 제 과거가 날 붙잡지 않고 있다는 것두요, 제가 저를 괴롭히고 있다는 거두요, 이젠 그러지 않을 거예요. … 선생님, 이젠 두렵지 않아요. 뭐든 할 수 있어요. … ”

“너무 좋아서 신이 나요 지금까지 제가 바보 같았던 것 같아요. 이젠 절대 안 그럴 거예요?”

돌아가는 길에 편지를 한 장 주었는데, 저에 대한 감사한 표현들로 가득 채워 져 있었습니다. 그때까지 여러 상담을 해 왔지만, 정말 제가 상담가로서 자질이 있다는 것을 인지하지 못하고 있었습니다.

그때 주변에서는 저에게 늘 이런 식으로 말했습니다.

"돈도 안 되는 걸 왜 하느냐? 그 시간에 업체 영업을 하는 게 훨씬 더 이익이야."

하지만 저에게 그런 말들을 귀에 들어오지 않았습니다. 상담을 통해서 사람들이 행복하게 변화되고, 그 변화가 주변에까지 영향을 미친다는 것이 너무 기뻤기 때문입니다. 그런 상담으로 저는 또 다른 희열을 느끼고 있었습니다.

'나의 작은 영향력이 다른 사람의 삶을 바꿔놓을 수 있다니 이 얼마나 위대하고, 가치 있는 일인가? 한 사람의 변화가 주변과 조직을 변화 시킬 수 있다니 얼마나 대단한가?'

저는 그동안 사업을 하면서 남들한테 성공했다는 말을 들었을 때보다 더 큰 보람과 가치 있는 일을 했다는 기쁨을 맛보고 있었습니다. 그러면서 저는 제 안의 역량을 발견하게 되었습니다.

점점 상담횟수가 많아지고 이혼하려던 사람이 다시 잉꼬부부로, 이직을 생각했던 사람이 자기 직장에서 열정을 쏟는 모습은, 저에게 사막에서 오아시스를 만난 것처럼 매일 매일을 기쁨으로 가득 채워 주었습니다.

'내 숨은 역량은 이것이구나!'

저는 상담가로 영역을 넓혀가고 있었습니다. 단지 저 자신이 그걸 자각하지 못했을 뿐이었습니다. 그들은 한결 같이 저에게 말했습니다.

"선생님에게는 특별한 힘이 있어요. 선생님을 만나고 나면 모든 일들이 너무 쉽게 느껴져요? 그래서 처음엔 이래도 되는 것인가? 하는 생각이 들죠."

그런 소리를 듣는 횟수가 한두 번 늘어가자, 저는 저 자신을 돌아보았습니다. 그리고 저 자신을 자각하기 시작했습니다.

제가 그토록 흠모하던 칼 로저스 박사님 흉내를 저 자신이 내고 있다는 것을 자각하고, 그때부터 칼 로저스 박사님의 책과 자기 개발서를 탐독하기 시작했습니다.

## 공무원 교육을 하다

골프 라운딩 때문에 제주에 갔다가 우연한 자리에서 김성도 사회교육 과장님을 소개 받았습니다. 그 분은 그 동안 가지고 있던 공무원에 대한 고정관념을 단숨에 바꿔 놓으셨습니다. 그 분은 500년 묵은 소나무 같은 느낌을 갖고 계셨습니다. 고향의 큰 형님 같은 넉넉하고, 담대함이 큰 분이었습니다.

그 자리에서 우리는 의기투합했고, 과장님은 강의할 기회가 있으면 부르겠다고 약속을 했습니다. 그리고 얼마 지나시 않아 '제주인재개발원' 에서 연락이 왔습니다.

그렇게 저의 공무원 교육이 시작되었습니다. 공무원은 조국에 대한 투철한 사명감과 책임감 그리고 희생정신의 소유자들이었고, 자부심으로 똘똘 뭉친 애국자란 느낌이 들었기 때문입니다. 그 분들의 조국에 대한 국가관과 희생정신 이 지금의 대한민국을 만들었다는 생각이 들었습니다. 그러자 존경하는 마음이 저절로 들었습니다. 강의를 통해 배움이 더 많았습니다.

저는 그때부터 강의를 하러간다기보다는 상담하듯이 강의를 풀어 갔습니다. 그것은 큰 즐거움이고, 열정이었고, 행복이었습니다.

## 열정의 주인공을 만나다 — 오경생 원장님

오경생 원장님은 내 삶을 송두리째 변화시켜 버린 여장부이십니다. 오경생 원장님은 하루 24시간을 48시간으로 살고 계신 분이었습니다.

제주에 대한 열정, 제주 사람에 대한 열정, 일에 대한 열정, 자신에 대한 열정, 배움에 대한 열정, 삶에 대한 열정, 사람을 소중히 생각하는 열정, 인연을 소중히 하는 열정, 끊임 없이 배우는 열정, 그분은 저에게 사람에 대한 참 열정을 가르쳐 주신 분이셨습니다.

오경생 원장님은 별정직으로 출발해서 국장까지 역임하신 분으로, 제주 여성공무원의 우상이기도 하셨습니다. 어떤 일을 하더라도 발전과 미래와 제주도에 대한 애정으로 똘똘 뭉친 분이셨습니다. 저에게 인생을 어떻게 살아야 하는지 어떻게 바라보아야 하는지 직접 보여주신 분이셨습니다.

오경생 원장님의 끊임 없이 배우려는 모습은 저에게는 반성이었습니다. 열심히 살았노라 자만하던 저에게 매서운 회초리가 되었습니다.

그 때부터 저는 잠을 잘 수가 없었습니다. 지금까지 살아왔던 내 자신에 대해 채찍을 들지 않을 수가 없었습니다.

'한 사람이 한 인생을 변화 시켜 준다.'

열정의 주인공 오경생 원장님은 저에게 끊임없이 겸손을 가르쳐 주시고, 인생의 변화를 갖게 하시는 바로 열정 그 자체였습니다. 원장님은 배움을 실천하시고 오직 실천으로 행동으로 보여 주실 뿐입니다. 직원들의 교육에도 전 과정을 참어하시는 모습은 감동이었습니다.

저에게 무한한 능력이 있음을 – 저 스스로 해야 할 일이 있음을 인지하게 하고, 깨닫게 해주시는 분, 그리고 "역사의 소명으로 역화에 충실하라"라는 행동을 직접 보여주시는 분, 그런 분을 가까이서 뵐 수 있고, 배울 수 있다는 것은 저에겐 행운 바로 그것이었습니다.

# 모든 사람 안에는 모든 것이 있다

저는 <퀀텀점프자기세움>프로그램을 3년의 연구와 공부 끝에 <이너라이징>이라는 프로젝트로 공무원교육에 도입하였습니다.


"정말 처음에는 황당했습니다. 그러나 이런 교육이 진짜 교육이구나. 이런 생각이 듭니다."

"공무원 기간 동안 이런 교육은 처음 받아 봅니다. 100% 참여하기는 처음입니다."

"내년이면 정년퇴직인데 이제라도 받은 게 얼마나 다행인지 모르겠습니다."

"내가 지금껏 헛살았구나 하는 생각이 듭니다."

"3일 동안 사람이 이렇게 변할 수 있구나 하는 생각이 듭니다."

"이제 누구라도 포옹하고 안을 수 있을 것 같습니다"


공직사회에 2박3일 프로그램으로 도입했을 때는 조심스러웠지만, 성과는 기대했던 것보다 훨씬 좋았습니다. 공직자들의 반응은 예상을 훨씬 뛰어넘은 것이었기 때문입니다. 저에게는 무한한 보람이고 감사이자, 내적 역량에 대한 확신이었습니다.

기업에서는 도입하고 있었지만 공직자들에겐 통할까 하는 두려움이 있었는데, 제 걱정이 기우였다는 것을 확인하는 계기가 되었습니다.

공무원 한 사람의 변화가 시민에게 미치는 영향은 엄청 클 수밖에 없습니다. 저는 공무원이 행복해야 시민이 행복한 나라가 된다고 생각합니다. 제가 공무원의 교육에 정성을 들이는 것도 바로 이 때문입니다. 공무원의 성장이 곧 국가 경쟁력이라고 생각하기 때문입니다.

공무원은 곳곳의 현장에서 제일 먼저 혹한의 바람과 직접 부딪히며 이 나라를 발전시켜온 분들입니다.

그런 분들의 마음에 상처가 많다는 걸 강의를 통해서 느끼게 되었습니다. 그것은 온전히 국민이 준 상처이기도 합니다. 자기세움, 내적 상처의 치유를 통해 스스로 온전한 존재, 소중한 존재, 위대한 존재라는 것을 인식하여, 내적 역량 강화를 통해서 공무원의 조직 활성과 갈등을 풀어 나갈 것입니다.

**"들은 것은 잊어버리고, 본 것은 기억만 되나, 직접 해본 것은 이해된다."**

기원 전 451년에 공자가 한 말입니다. 이 말은 오늘의 우리들에게 그대로 적용되고 있습니다. 공부에서 직접 참여하는 것은 결과를 얻는 핵심이 되는 행동입니다.

**"경험을 갖고 있는 사람은 절대 논쟁에서 지지 않는다."**

영국의 철학자 루이가 한 말입니다. 모든 교육은 가르치는 교육이 아니라 덜어내고 경험하는 교육이 되어야 합니다.

먼저 자기자원과 경험자원을 풍요롭게 해주는 것이 중요합니다. 공무원은 우리나라 자원이기에 더더욱 그렇습니다. 경험한 지식을 이끌어 내는 것입니다. 자신이 얼마나 소중한 사람인지 스스로 깨닫는 순간 내적역량에 대한 믿음도 강화됩니다.

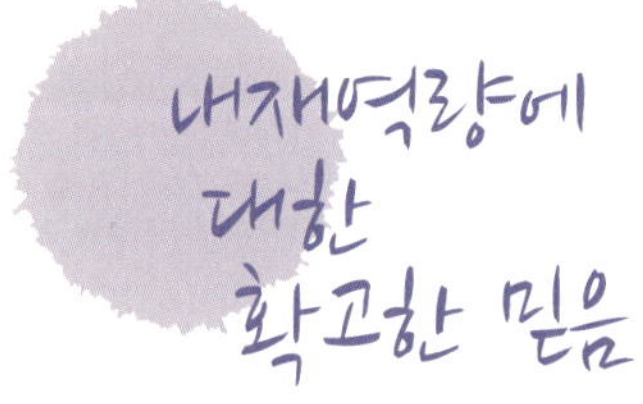


저는 '나의 열정을 불러 일으키는 것은 내재역량에 대한 믿음'이라는 신념에 변함이 없습니다. 지금까지 우리교육은 외적역량을 주입하는 교육 중심이었습니다. 그러나 자기세움은 자신의 경험적 역량을 강화하는 내적역량 강화 교육입니다. 내적 성찰을 통해서 스스로 생각하고, 무엇을 어떻게 해야 하는지? 지금 무엇을 하고 있는지? 무엇이 중요한지? 스스로 깨어 있음을 느끼게 하는 교육입니다. 사람은 자신에 대해 긍정적일 때 타인에 대해서도 긍정적으로 되는 것을 활용한 교육법입니다.

갈등의 원인도 결국은 내적 갈등의 소산입니다. 조직 활성도 결국은 내적 열망을 이끌어 내는 스스로 열정을 갖게 해야 합니다.

"내 마음이 꽃밭이면 세상이 지옥이라 해도 내 세상은 꽃밭이요, 세상이 꽃밭이라도 내 맘이 지옥이면 세상은 지옥이다."

제가 강의할 때마다 자주 인용하는 문구입니다. 모든 것은 자신에게 달려 있음은 아무리 강조해도 부족함이 없습니다.
학습자 중심의 체험과 경험지식을 소통과 조직 활성으로 연결하는 교육이 바로 자기세움입니다. 자기세움은 세상의 중심은 바로 나 자신이라는 것으로 시작합니다.

"나는 나를 사랑한다. 나는 내가 참 좋다."
"나는 세상의 중심이요, 내 삶의 창조주이다. 나는 빛이요, 희망이요, 사랑이다. 나는 모든 선택을 내가 선택하기로 내가 선택한다."

저는 이제 막 첫 걸음을 내딛었습니다. 소통과 조직활성 전문 기업 (주)다움으로, 성인 교육현장에 도전했습니다. 35년 동안의 삶을 뒤로 하고 새롭게 태어나는 것입니다.
5년 간의 준비와 3년 간의 다양한 현장 실험을 통해 '퀀덤점 프자기세움'은 완성되었습니다. 모든 사람들이 서로의 내재적 역량을 믿고, 신뢰하고 기회를 줄 때, 우리 자신과 사회는 더 발전을 해 나아가리라 믿습니다.
그것은 스스로에 대한 성찰과 자신의 대한 소중함을 인식하게 하는 길이며 사회를 강하게 만드는 지름길입니다. 다양한 분야

에서 지금 자기세움은 퍼져나가고 있습니다. 여러분의 내적역
량을 믿어 자기세움이 완성되시길 희망합니다. 기업과 공공교
육의 혁신을 몰고 올 자기세움이 바로 저의 열정입니다.

　제가 '**나의 열정을 불러 일으키는 것은 내재역량에 대한 믿음
이다.**' 라고 자신있게 말하는 이유이기도 합니다.

# 나의 열정을 불러 일으키는 것은 일치되어짐이다

**한충희(韓忠熙)** ■
차서한의원 원장

■ 강의분야

1) 건강관련
　　한의학과 생활건강법
　　제대로 걷기 건강법 – 차서경행
　　몸 움직임 건강법, 건강을 부르는 심리관리법

2) 두뇌개발
　　건강한 두뇌개발법 – 차서Brain
　　집중력을 건강하게 높이는 방법
　　수험생 건강 두뇌건강법
　　건강 치매예방법

■ 주요경력 및 자격

경원대 한의학과 졸업, 동대학원 예방의학 석사 및 박사과정
수원 영통 차서한의원장 : 한의사
차서 Brain 학회 교육이사 및 차서교사
대한한의사협회 예방한의학회 이사
명강사 드림포럼 정회원
문화일보 칼럼 기고 – 내 몸은 내가 고친다.

■ 주요강의경력

청주방송 웰빙건강강좌 – 한의학적 집중력 높이는 법
천지일보 주관 대치동 학부모 강좌 – 집중력 향상을 돕는 건강관리법
진주시민 자기계발 아카데미 – 건강의 차서를 알면 삶이 행복해진다.
“행복한 우리아이 만들기” 부모특강 – 이천시립도서관

한의원 블로그 : http://blog.naver.com/hshine7553
차서음악 블로그 : http://blog.naver.com/hshine0304

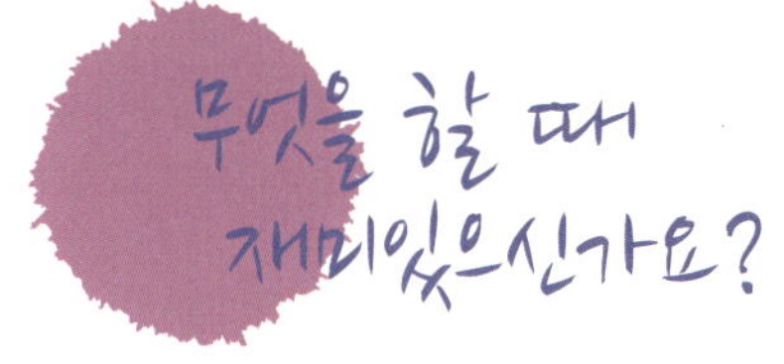

저는 한의원에서 진료하는 한의사입니다.

한의학은 인간의 정신과 육체, 그리고 그 사람의 생활을 함께 다루고 있어서 매력적입니다. 이러한 매력은 환자들의 아픈 부분만을 다스리는 것이 아니라, 온전한 사람으로 만날 수 있고, 사람 냄새 나는 진료가 가능하게 합니다. 그런 면에서 좋아하는 공부—사람에 대한 공부를 가지고 일을 할 수 있다는 생각에 감사합니다. 또 연구와 진료에 대한 의욕이 함께 할 때 참 즐겁습니다.

저는 한의원에서 진료를 하다가 가끔 시간적으로 여유가 생기면 환자에게 이런 질문을 하곤 합니다.

"무엇을 할 때 제일 슬겁고 재미있으신가요?"

그때마다 대답은 천차만별입니다.

저는 저와 마주하는 사람들이 무엇을 재미있어 하는지 정말 궁금합니다. 또 사람마다 다른 대답을 들을 때마다 호기심은 더욱 커져 갑니다.

'이 분은 무슨 재미를 느껴서 저렇게 일을 열심히 하실까?'

'이 학생은 공부하느라 지치고, 피곤한 일정들로 빡빡한 하루

하루를 보내는데, 무엇을 할 때 재밌고 즐거울까?'

'주부들은 생활 속에서 어떤 일을 할 때 가장 재미있어 하고 보람을 느낄까?'

사람의 삶 속에는 힘든 일도 있고, 좋은 일도 있습니다. 저는 아무리 남들이 보기에 좋은 일이라 하더라도, '재미있는 일'이 하나도 없다면, 산다는 것이 정말 끔찍할 수도 있겠다고 생각합니다.

그래서 만나는 모든 사람들이 어떻게든 일상 속에서 재미있는 일을 하면서 행복하게 살아갔으면 하는 바람을 가지고 있습니다.

## 기쁨 끝에 항상 도사리고 있었던 심심함

그 방황의 시기를 지내면서 다른 사람들은 무슨 일을 재밌어 하고, 무엇에서 보람을 느끼고 의미를 찾는지를 궁금해 했던 것 같습니다. 생각해 보면 지금도 그때의 추억이 새롭기만 합니다.

저는 3형제 중에 막내입니다.

저희 큰형은 어릴 때부터 몸이 약했습니다. 그래서 운동, 무술, 자기 극복, 수련, 참선 등등과 관련된 책을 집에서 심심찮게 보며 자랐습니다. 큰형이 몸이 약한 것을 극복하기 위한 수단으로 자신을 변화시키거나, 무언가 현실을 초월해 나가는 분야에 관심을 많이 가졌기 때문입니다.

중학교 1학년 겨울 방학이었습니다. 어느 날이었던가, 그 당시 저는 동양적인 수양법에 대한 책을 읽고, 한 순간 '무언가 발견한 것 같은 기쁨'에 추운 날씨에도 불구하고, 30분 동안 혼자서 동네를 돌아다녔던 기억이 생생합니다.

시간을 더 거슬러 올라가면 아주 어릴 적-초등학교 저학년 때부터 간간히 느꼈던 '심심함'에 대한 느낌이 또렷합니다. 글쎄, 그걸 무엇이라고 해야 할까요?

무슨 일을 하다가 가장 재미있는 클라이막스를 느끼는 순간이면, 친구들과 깔깔거리고 제일 신나는 순간이다 싶으면, 마음 속에서 어김없이 '심심하다!'라는 외침 같은 것이 들렸습니다. 그러면 한창 신나게 흥분되었던 기쁨이 순간적으로 "촥~" 하고 가라앉곤 했었습니다.

'참 이상하다. 왜 가장 기쁘고 즐거울 때마다 심심하다는 생각이 들까?'

저는 그때마다 여전히 깔깔대고 있는 친구들을 보며 혼자 가라앉은 기분의 근원은 무엇일까 생각해 보았습니다. 아마도 즐거움이, 지금 같이 신나는 순간이 영원히 계속 될 수 없다는 생각…. 그것 때분이 아니었을까 합니다.

그런데! 바로 중학교 1학년 때 큰형이 보던 책을 본 순간! 그 심심함을 채울 수 있는 뭔가를 발견했다는 기쁨과 희열을 느꼈던 것이었습니다.

그것은 동양의 호흡법을 통한 심신 수련법에 대한 책이었는데, 그러한 인간 내면에 대한 수련과 탐구, 수행의 방법이 사람들을 육체적인 질병으로부터 건져줄 수 있을 것만 같았습니다. 또 심리적인 좌절로 인해 모든 의욕을 잃고 절망에 빠졌을 때,

마치 동화 속 하늘에서 내려오는 동아줄처럼 희망과 활로를 열어주는 방법이라고 확신했던 것입니다.

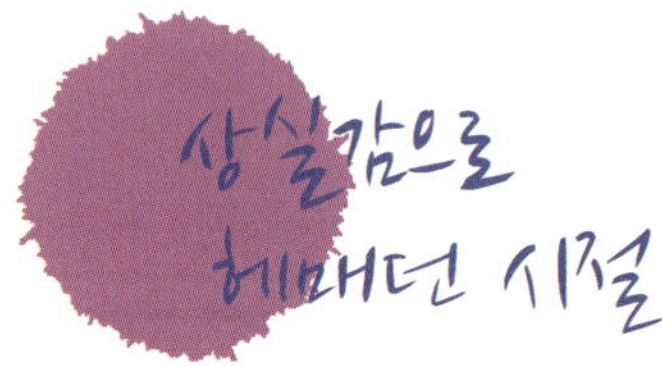


저는 사춘기 시절에 심한 짝사랑을 했습니다. 중2 여름 즈음에 같은 성당에 다니던 친구를 너무나 좋아했습니다. 지금 생각해 봐도 정말 심하게 좋아했는데, 아마 짝사랑이라 더 간절했던 것 같습니다.

그 친구를 볼 때마다 좀 더 성실해지고자, 좀 더 착해지고자 노력을 했었습니다. 그러나 그 친구를 향한 나의 마음은 '혼자만의 불타는 짝사랑'으로 끝내야 했습니다. 제 가슴 속을 가득 채웠던 한 사람에 대한 그리움을 비워내야 할 시간을 맞이한 것입니다.

그러자 그때 정말 이겨내기 힘든 상실감이 밀려왔습니다. 그 시기가 고1 겨울 방학 때쯤이었는데, 무엇을 하고 싶다는 의욕과 목표가 싹 사라졌습니다. 그때부터 한 동안 저는 학교 공부에 관심도 없고, 살아가는 일상에서도 흥미를 잃어 버렸습니다. 그저 어영부영 시간을 탕진했다고 볼 수 있습니다.

그 무렵 저는 자율학습 시간 대부분을 소위 '땡땡이'를 치는 학생이었습니다. 방황하는 친구들과 어울리면서 불안정한 시간을 6개월 넘게 보냈습니다. 그러는 동안에 성적은 바닥으로 떨어졌습니다.

그런데 그렇게 하루하루 목표의식 없이 허무한 시간을 보내고 잠자리에 들 때면 낮 동안의 방황이 참 허망하게 느껴졌습니다. 고생하시는 부모님 모습에 죄송한 마음도 많이 들었고요….

'아 이렇게 시간을 허비하며 지내는 것도 아니구나!'

잠자리에 드는 늦은 밤마다 가슴이 텅 빈 것 같아서 잠을 이루지 못했습니다. 그렇게 불편한 밤들이 연속적으로 이어졌습니다.

그런 시간이 누적되면서 어느 순간 제 내면에서 꿈틀거리는 생각이 있었습니다.

'사람으로 산다는 것은 무슨 의미일까? 정말 의미 있는 일이 무엇인지 한번 찾아봐야겠다.'

어찌 보면 사춘기 시절에 누구나 한번쯤 해봄 직한 생각일 수 있지만, 어쨌든 저는 남들보다 조금 더 그러한 생각에 구체적인 답을 찾고 싶었고, 약간은 특이한 사춘기를 보냈던 것 같습니다.

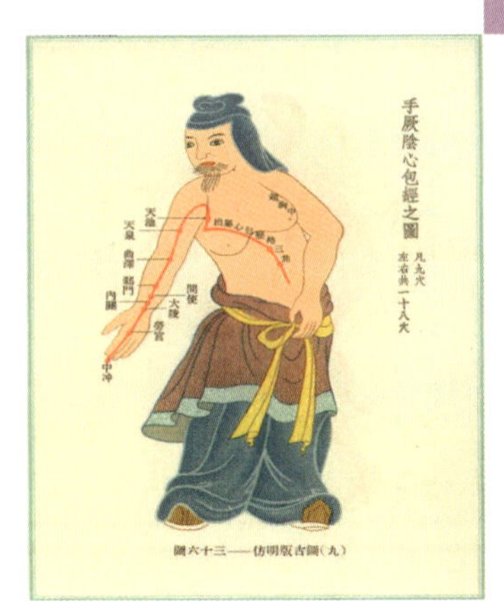


# 경락을 통해 느낀 희열과 한의학

고2 여름 방학 무렵에 저는 방황의 시간을 정리하기 시작했습니다.

그때부터 저는 혼자 앉아서 호흡을 가다듬기 시작했습니다. 매주 각종 명상 서적과 경전 같은 책들을 구입해서 읽고, 책 속에 담겨 있는 호흡법과 명상법을 실천해 보기 시작했습니다.

'말 적게 하기, 고기 안 먹기, 하루에 얼마 간 호흡 가다듬고 수련하기 등등….'

저 나름대로 계율을 정해두고 꾸준히 실천하기 시작했습니다. 자율학습 시간에도 학교 공부보다는 그런 책을 더 많이 읽으면서 눈을 내리감고 지낸 시간이 대부분이었습니다.

그러던 어느 날, 호흡 수련법 책에 나온 방법대로 숨을 오랫동안 참는 방법을 반복하다가 심장 두근거림 증상—부작용이 생겼습니다. 이 부작용을 해소하기 위해 수궐음 심포경(심장기능을 보호하는 역할을 하며, 흉부에서 시작해서 팔 내측을 따라 가운데 손가락으로 흐르는 경락)을 소통시키면 된다는 것을 알았습니다.

책에 나온 방법대로 실행시켜 봤더니, 정말로! 책에 나온 그대로! 경락 그림 선을 그대로 좇아서! 젓가락 굵기의 보일러 관처럼 따뜻한 것이 경락을 따라 흐르는 것을 느꼈습니다.

저는 그 순간 평안한 희열을 느꼈습니다. 옆자리의 전교1등 친구도, 집안 환경이 좋고 잘 생긴 친구도 부럽지 않았습니다. 더 필요한 무엇도 없는 것 같았습니다. 그렇다고 들뜨지도 않고 차분한, 그런 희열을 느꼈던 것입니다.

그때 저는 이 길이 나의 길이라 생각했습니다. 이러한 공부를 앞으로 열심히 하고, 또 필요로 하는 많은 사람들에게 알려줄 수 있는 그런 삶을 살아야겠다고 생각했습니다. 그래서 학생신분이지만 그대로 집을 나가서 본격적으로 수련을 해야겠다는 생각을 했습니다.

어른들이 보면 영락없는 '가출'이었을 테지만, 저는 저만의 분명한 목적을 가지고 집을 나서는 '출가'라고 혼자 생각하고 있었습니다.

그러나 그것은 실행되지 못한 마음 속의 일이었습니다. 저는 출가도 못하고 가출도 하지 않았습니다.

집을 나가더라도 마음이 여린 성격에 아마도 부모님 걱정하느라 제대로 수행을 하지 못할 것이라고 생각했기 때문입니다.

그때 저는 출가를 포기하는 대신 새로운 목표를 세우게 되었습니다.

"이런 공부를 꼭 출가를 해야만 할 수 있는 것은 아니지 않은가? 그렇다면 세상에 살면서 공부도 하고 다른 사람에게도 알려줄 수 있는 일이 있지 않을까? 부모님께 걱정도 끼치지 않고…"

저는 그때 체험으로 발견하게 된 경락이 떠올랐습니다. 그 당시만 해도 경락에 대해 서양의학에서는 몰랐고, 과학기술을 이용한 각종 기기로도 경락의 존재 여부를 밝힐 수 없던 미지의 영역이었습니다. 그 경락의 존재에 대해 몇 천 년 전부터 알고 있었던 한의학은 정말이지 인간의 본질을 꿰뚫고 있는 깊이 있는 학문이었습니다.

또한 본질적 관점을 철학에서 끝낸 것이 아니라 인체에 실제 작동하는 경락을 기반으로 병을 치료하는 실용까지 갖춘 훌륭한 학문이란 확신이 들었던 것입니다.

그래서 저는 한의대를 가자고 결심했습니다. 한의학을 공부하면 경락은 물론이고, 인간에 대해서 더 잘 알게 될 것이고, 그러면 아픈 사람도 더 정확하게 고칠 수 있을 것이고, 또 관심 있는 공부를 계속할 수 있으니까 나에게 딱 맞는 방향을 찾은 것입니다.

저는 우여곡절 끝에 제 목표를 이뤄 한의학을 전공하기 시작했습니다. 당시 대학 선배의 소개를 통해 지금까지도 많은 가르침을 주시는 선생님을 만나게 되었습니다. 그러면서 사춘기부터 형성된— 약간은 뜬구름 잡는 것 같은 공부에 대한 환상도 깨지고, 결국은 자기가 배우고 연구한 것을 가지고 사회 속에서 성실하게 자기 뜻을 실현해 가는 것만한 수행은 없다는 것을 알게 되었습니다.

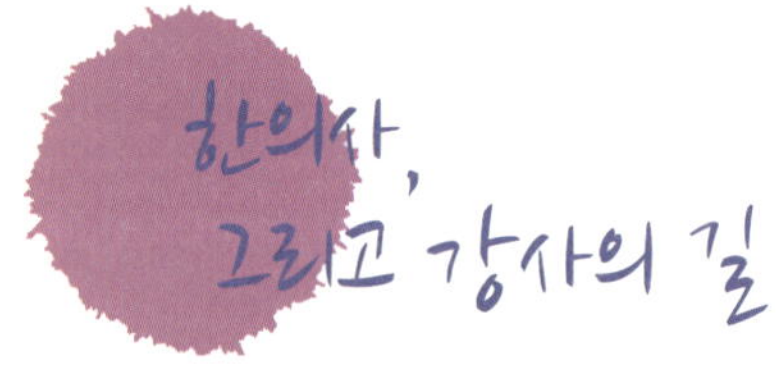


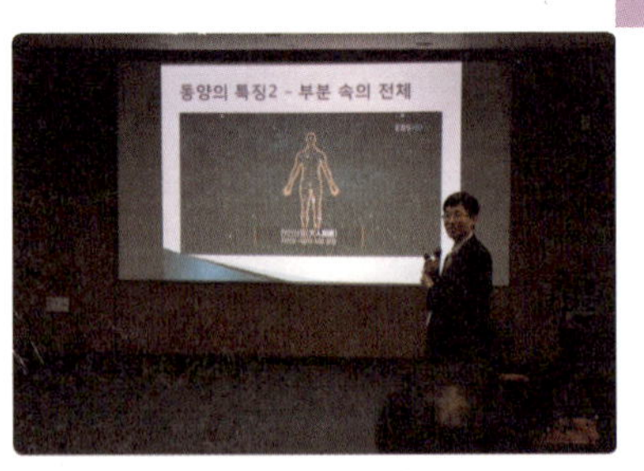


　　　　한의학을 공부하고, 한의사로 개원을 해서 하고 싶은 일을 해 나가는 과정에서 강사의 길을

만났습니다.

인간에 대한 탐구와 배움을 나눈다는 면에서 한의사와 강사의 길이 크게 다르지 않다는 것을 알게 되었습니다.

한의사는 개인적인 만남으로 상담과 진료를 통해 건강과 고민을 해결하는데 도움을 줄 수 있는 반면, 강사는 개인적인 진료·상담의 효과를 넘어서, 여러 사람들과 동시에 건강에 대한 지혜를 나눌 수 있다는 커다란 매력이 있습니다.

저는 사람을 건강하게 한다는 생각으로 한의원 이름도 '차서(次序－차례와 질서)한의원'으로 지었습니다. 병이라는 것은 우리의 몸 속에 당연히 지켜져야 할 차례와 질서가 깨졌다는 것을 의미합니다. 따라서 건강하게 살려면 내 몸의 차례와 질서를 유지해 나가도록 노력하는 것이 중요하며, 그에 맞는 치료법을 가지고 진료를 합니다.

또한 치료법을 확장해서 '건강에 대한 실제적 원리' 이러한 원리에 맞는 '생활 속 실천 건강법－차서(次序)'를 강의하고 보급하고 있습니다.

또한 제가 방황을 많이 해서 그런지 저는 아이들의 건강과 교육에 관심이 많습니다. 그래서 아이들의 두뇌를 선강하게 발달시키는 방법－인체의 차서(次序)와 뇌과학을 접목하여 건강도 챙기고 두뇌도 개발하는 '건강한 두뇌개발법' 및 '집중력을 높이는 차서Brain 프로그램'을 강의－보급하고 있습니다.

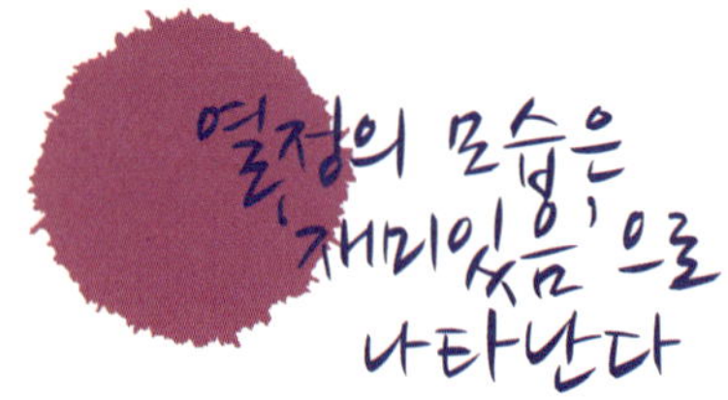


제가 한의사가 될 수 있었던 것은 고2 때 경락을 공부하면서 느꼈던 희열감 덕분입니다. 제가 그때 제 몸 속에 있는 경락을 발견하고 큰 희열을 느끼지 않았다면, 아마도 저는 지금도 방황의 길에서 헤매고 있을지도 모릅니다.

한의학과 건강에 대한 제 열정이 처음 시작된 순간이 그때가 아니었나 싶습니다.

열정을 가지고 살아가는 사람에게 인생은 재미있는 삶의 연속일 것입니다.

'재미'라는 것은 시간을 허비하는 개념의 '소일(消日)'과는 다릅니다.

내가 해야 할 의무—어깨를 무겁게 누르는 피해갈 수 없는 일 — 속에서 잠시 일탈하는 것도 쏠쏠한 재미입니다만, 그런 재미는 연속되기 힘들고, 삶을 풍요롭게 하진 못 합니다.

현재 내가 '하고 있는 일'과 '하고 싶은 마음'이 일치 될 때 정말 이상적인 재미를 느낄 수 있을 것입니다.

그렇게 자신이 좋아하는 일에 마음을 다하고 노력을 다 할 때는 잠을 적게 자도 활력이 나고 피곤해도 즐겁습니다. 하루하루 하는 일 모두에서 활력이 솟고 열정이 불타오릅니다. 이러한 열정의 재미가 잘 표현된 사례로 옛 스포츠 기사를 오려 붙여

봅니다.

「대투수 송진우에게 묻겠다. 당신에게 야구란 어떤 존재인가?

(한참 생각하다가) 우여곡절 끝에 야구를 시작했다. 프로에 와서도 7년 정도 할 것으로 내다봤다. 원래는 은행 같은데 취직해 안정되게 살고 싶었다. 하지만 애초 계획했던 7년보다 3배나 많은 21년 동안 현역으로 뛰었다.

2군에 있을 때 롯데 박정태 코치 등 잘 아는 후배들이, 내가 재있게 훈련을 하니까 "형님, 야구가 그렇게 재있으세요?"하고 물었다. 그땐 피식 웃으면서 "인생 뭐 있어"했지만. (잠시 침묵하다가 창밖을 바라보며)

이 나이 먹도록 야구장 갈 때마다 즐겁고 가슴이 설렜다면 믿겠나. 야구는 내게 그런 존재다. 마흔 살이 넘어도 가슴을 두근두근하게 하는.」 -송진우 Goodbye Legend 글 스포츠춘추 박동희


이 재미는 비유하자면 연애와 같습니다.
'해야 할 의무'가 '하고 싶은 즐김'을 만나는 연애 말입니다.
이 만남에는 '집중'이란 놈이 그림자처럼 포함되어 있고 '노력'이라는 무거움을 넘어 산뜻한 '즐거움'까지 느껴집니다. 이런 재미가 쌓이면 '생산력'이 높아지고, '성과'라는 자식까지 딸려오니 참으로 버릴 것 하나 없는 알찬 연애인 것입니다.

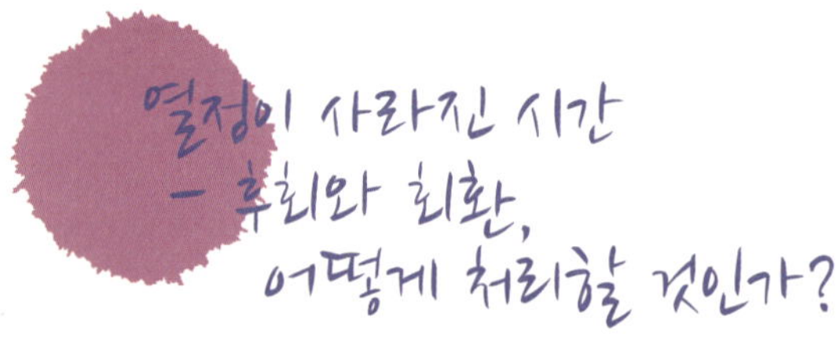


저는 방황하는 아이들을 볼 때면 어린 시절 제 모습을 떠올립니다. 그래서 안타까운 마음에 어릴 적 제 이야기를 하게 됩니다.

하루를 소일하고, 일주일을 허비하고, 그것이 쌓여서 한 달이 되어도 보람은 없고, 가슴이 뻥 뚫린 허무함…. 시간과 시간 사이에, 때로는 잠자리에 들 때 어김없이 마주치게 되는 그 마음을 잘 알고 있기 때문입니다. 그 친구들은 그러한 고통을 받지 않고 이겨내길 바라는 마음에서 말입니다.

'나에게 주어진 시간에 충실했는가? 마냥 흘려보내도 후회는 없는가? 내일도 오늘처럼 살고 싶은가? 내가 살아온 오늘이 희망 찬 내일을 만들고 있는가?'

이러한 질문에 당당한 대답을 갖고 있다면 당신은 행복한 사람입니다.

혹 답하지 못하고 주저하거나, 그러한 마음이 후회와 회한의 모습으로 쌓여 있을 수도 있습니다. 그렇지만 실망하지 마십시오. 열정으로 타오르지 못한 '시체'와 같은 이 후회와 회한은, 다른 의미로 보면 새롭게 다시 시작할 것을 부촉하는 회초리와 같기 때문입니다.

저는 성공가도를 쭉쭉 달리며 살아온 사람이 아닙니다. 열정으로 똘똘 뭉쳐진 그런 스타일의 사람도 아닙니다. 제품으로

치면 성능이 아주 우수한 제품이 아닙니다. 계획했다가 실행하지 못하고 그것을 가지고 후회하고 스스로 상처도 주고, 그렇게 살아왔고 지금도 자주 그렇습니다. 우리는 열정적으로 살고 싶어 하면서도 그렇게 못 할 때가 많습니다. 그렇지만 또 열정적으로 살고 싶어서 후회가 되고, 회한이 쌓입니다.

후회(後悔) 회한(悔恨)이란 용어를 잘 살펴보면, '뒤늦게 뉘우치고, 그것이 억울하고 원통하다'는 뜻입니다.

이 원통함은 자기가 생각한 것을 이루지 못했을 때 생기는 것입니다. 생각한 것을 다 이룬 사람이 원통할 것이 무엇이 있겠습니까? **후회와 회한은 뜻을 세웠으나 이루지 못해서, 생각은 있으나 실천을 하지 않아서 생기는 잉여물입니다.**

방황하는 아이들에게, 후회하고 회한하는 스스로에게, 또 어디에선가 같은 감정을 느끼며 축 처져있는 또 다른 나에게 이제 '작은 실천'을 권해 봅니다. 어렵지 않게 실천할 수 있는 '계획'과 그 '실행'을 권합니다.

무엇이든 좋습니다. 예를 들면 하루에 10분 걷기·좋은 책 10분 보기·좋은 말 10번 하기·웃는 얼굴로 인사 10번 하기 등등...쉽게 할 수 있는 일을 매일 매일 지속 시켜가는 '작은 실천'을 권합니다.

그 실천은 우리에게 힘을 줄 것입니다. 우리는 정신과 육체가 함께 있는 존재이기 때문에, '생각'한 대로 '실천'하는 것은 존재를 존재답게 만듭니다.

우리의 정(精-신체분면)과 신(神-의식분면)을 일치하게 만들어 정신(精神)차리게 만듭니다.

'정신이 하나에 이르면 어떠한 일인들 못하겠는가? (精神一到

何事不成)’라는 옛말이 있듯이, 무엇이든 이룰 수 있다는 자신감과 실행 동력을 높여 줍니다.

작은 실천이 쌓이면 정신(精神)이 자꾸 일치되어서 건강해집니다. 스스로를 뿌듯해 할 수 있는 자존감을 심어주고, 그 자존감은 나를 더욱 키워주고 내 삶을 바꿔 줄 것입니다.

**작은 계획과 목표일지라도 바로 실행하는 것!**

제가 생각하는 ‘후회’와 ‘회한’을 ‘열정’으로 되돌리는 연금술의 핵심입니다. 또한 그것이 사람을 더욱 건강하게 만드는 생활 속 건강 원리입니다.

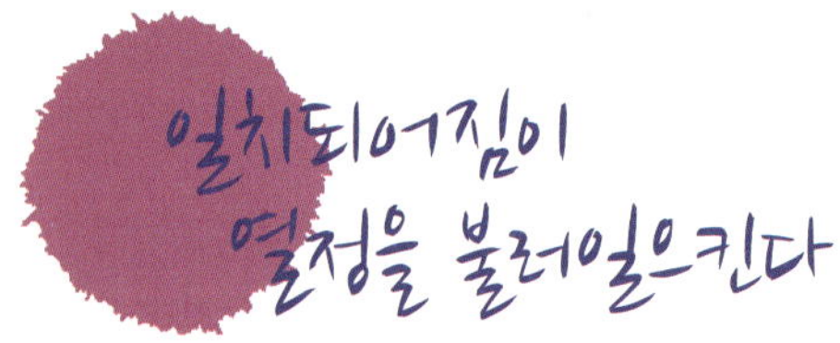


살아있는 모든 것은 그 자체로 열정을 가지고 있습니다. 식물도 끊임없이 광합성을 하고 수분과 영양분을 이동시키고 세포분열을 하며 끊임없이 움직입니다. 동물(動物)인 사람은 더더욱 역동적인 생명의 열정을 가지고 있습니다. 숨 쉬고 혈액 순환시키고, 몸을 움직이기 위해서 잠시도 멈추지 않고 움직이고 있습니다.

‘살아있음’ 그 자체가 이미 생명이라는 열정입니다.

인간은 '생각하는 동물'
이라고 합니다. 몇 글자를
더 넣어서 건강과 관련된
재밌는 말을 만들어 봅니
다. 그 말은 '인간은 생각
한 대로 행동해야 건강한
동물이다!'라는 것입니
다.

인간은 하고 싶은 대로 하지 못할 때 만병의 근원이라는 스트
레스가 발생합니다. 해야 할 말을 다른 사람 눈치 때문에 차마
하지 못할 때, 갖고 싶은 물건을 갖지 못할 때, 하고 싶은 일인데
여건상 접어야 할 때 등등 …. 생각한 대로 하지 못하는 곳에
병을 유발하는 스트레스가 생깁니다.

거꾸로 보면, 생각한 것을 실천할 때 건강해집니다. 하고 싶은
것을 할 때 재미가 생기고 집중력은 높아집니다. 해야 할 바를
하고 나면 뿌듯하고 자랑스러워집니다.

더군다나 많은 사람이 좋게 생각하는 일을 하게 되면 명성을
얻고 존경을 받게 됩니다.

이렇게 내 안에서 일치되어짐을 통해 건강과 재미, 집중력과
자존감이 높아지게 됩니다. 그곳에 이미 열정이 기능하고 있습
니다.

간절하게 하고 싶은 열정! 끊임없이 성실한 도전의 열정!

간절함과 성실함이 나올 수 있는 뿌리는 바로 일치되어짐에
있습니다. 생각과 행동이 따로 놀면 열정이 생길 수가 없기 때문
입니다.

그래서 저는 일치되어짐이 열정을 불러일으킨다고 말씀드립니다. 작은 실천을 통한 일치의 시작에서 열정의 싹이 트고, 어떤 일을 성취하기 위한 계획과 완성을 통해서 열정은 더욱 커지게 됩니다.

이웃과 사회가 바라는 바에 합해지면 열정은 나만의 것이 아니라 우리의 것, 사회와 세상의 것으로 커다랗게 공유되겠지요.

결국 열정은 내 살아온 인생의 자취가 되고, 열정의 순도가 인생의 순도를 결정하게 될 것입니다.

그래서 저는 마주하는 사람들이 어떤 것에 열정을 느끼며 재밌게 살고 있는지 궁금해서 이렇게 묻고 있습니다.

"무엇을 할 때 제일 즐겁고 재미있으신가요?"

독자 여러분께도 묻습니다.

**"무엇을 할 때 제일 즐겁고 재미있으신가요?"**

나의 **열정**을
불러 일으키는 것은
서로 하나가 되는 강연이다

**최효정(崔孝貞)** ■
기업교육탑케이션 대표

## 강의분야

전문강사양성, 교육컨설팅, 기업교육
웃음코칭리더십, 열정스피치, 리더십, 교육스팟,
CEO이미지메이킹  등


## 주요경력 및 자격

기업교육탑케이션 대표
한국웃음리더십협회 회장
한국댄싱요가댄스협회 회장
최효정강사아카데미 대표
경상대,인제대,창원대 평생교육원 강사
경남자기계발아카데미 운영자
웃음봉사단 '웃는세상' 운영자
무용학석사,
스피치강사자격, 웃음치료, 음악치료, 무용치료 자격


## 주요강의경력

국립경상대학교, 인제대학교, 창원대학교, 자격과정(90시수)  54개 반
1572명의 수료자 배출, <웃음코칭지도사>외 <열정스피치>,
<평생학습강사>, <댄싱요가댄스>, <전문강사 과정> 등
LG CNS, 한국전력, 포스코, 농협중앙회, 코스트리, 이노티, 두산,
문화관광부, 통계청, 한국산업단지공단, 대한상공회의, 기업연구소 등
기업강연 및 단체 1700여 회 특별강연.
최효정강사아카데미를 통해 자기계발 분야의 다양한 강사진을 배출,
<전문강사과정>수료생들로 구성된 강사클럽을 결성하여 강사 훈련 중.


네이버 까페(강사 최효정)

홈페이지(http://www.최효정.kr)

# 들어가며

저는 대부분의 시간을 '강의'와 붙어서 생활하고 있는 '강사'입니다. 거의 매일 강의가 있는데, 가만히 따져 보니 하루 평균 6시간의 강의가 있습니다.

일반인들이 볼 때는 하루 6시간 강의라면 여가 시간이 많다고 생각할지 모르지만, 강의를 해보신 분이라면 다 알 것입니다. 강사가 6시간의 강의를 하기 위해서는 얼마나 많은 노력을 기울여야 하는지를. 10분 강의를 준비하기 위해 10시간 이상 심혈을 기울여야 하는 것을 감안한다면 저는 하루 종일 강의를 머리에 이고 생활한다고 해도 과언은 아닙니다.

저의 일과는 고객사의 교육컨설팅을 진행하는 것에서부터 시작됩니다. 주로 '즐거운 기업문화 만들기', '조직행동변화' 등에서 열정을 불러 일으키는 강의를 하고, 학습자들의 변화를 돕습니다.

오전 강의를 마치고 나면, 곧바로 다음 강의 준비가 시작됩니다. 이동하는 차 안에서 또는 쉬어가는 커피숍에서 다음 강의에서 만날 청중을 기대하며 교안을 살핍니다.

때때로 햇살을 잔뜩 만끽할 시간이 주어지면, 차 한 잔을 놓고 사람들과 웃음을 나눠 갖기도 하고, 운동을 하거나, 영화를 보기도 합니다. 머무는 곳, 만나는 사람, 이 모든 것은 강의에 '영감'

을 주어 다음 강의를 더욱 생동감있게 이끕니다.

저녁에는 주로 대학에서 성인학습자와 대학생들을 대상으로 웃음리더십, 스피치, 댄스 등의 강의를 합니다. 학교 강의가 없는 날에는 외부특강을 가거나, 반대로 다른 강사님의 강의를 들으러 갑니다.

주말에도 일과는 크게 다르진 않습니다. 2년 전부터 강사님들을 초청하여 공개강좌를 개최해 왔습니다. 또한 학습자들과 함께 하는 '웃음봉사활동'도 진행하고 있습니다.

<전문강사과정> 수료생들의 강의 지도가 주말에 있고, 각 분야 강사님들과 만나 학습하는 시간도 틈틈이 가지고 있으니, 그야말로 제 삶은 온통 '강의'와, 강의로 인해 만나는 '사람'들의 이야기로 넘쳐납니다.

## 사람들이 강의를 듣는 이유

저는 일찍이 강사가 되고 싶었습니다.

"그래. 내가 하고 싶고, 내가 잘 할 수 있는 일! 강사가 되어 보자."

어느 날, 막연하고 희미하게 그려졌던 강사의 꿈이 마침내 기적처럼 저에게 다가 와 강렬하게 저를 이끌었습니다. 참으로 신기한 일이었습니다.

10대의 방황과 고독을 깨쳐 나오게 해준 그 순수한 열정은 실로 대단한 힘을 발휘해 주었습니다. 스스로 '몰입'하고 있는 저를 발견하게 되었기 때문입니다.

그리고 20대가 되자마자 꿈처럼 여겨졌던 일이 현실로 되었습니다. 제가 강사가 된 것입니다.

사람들은 제가 비교적 빨리 강사의 꿈을 이뤄 낸 것에 대해 신기해 하고 특별해 하지만, 저에겐 특별한 것이 아니었습니다. 제가 강사의 꿈을 이룰 수 있었던 것은 저의 타고 난 능력도, 환경도 아니기 때문입니다.

사실 저는 중학교 때부터 무용을 전공하면서, 화려함보다는 치열함을 먼저 알게 되고, 자신감보다는 열등감을 먼저 알게 되면서 세상을 부정적으로 보는 어두움이 많았던 아이였습니다. 그랬던 저를 스스로 바꾸게 된 계기가 바로 '강의'였습니다.

사람을 바꾸는 건 교육과 종교밖에 없다는 철학자의 말처럼, 제가 정말 그랬습니다. 첫 번째는 하나님 사랑을 알게 되어 제가 바뀌었고, 두 번째는 바로 '강의'를 통해 바뀌게 되었습니다. 제가 먼저 학습자로서 최고의 경험을 한 것입니다.

이렇게 종교와 강의는 저에게 꿈을 주었고, 저의 태도를 바뀌게 해 주었습니다.

'이삭' 목사님의 강연이 그러 했고, 세계적인 명강사 '브라이언 트레이시'의 강연과 '존 맥스웰' 목사님의 강연이 그랬습니다.

제가 강의를 듣는 시간은 가장 강력한 동기부여를 일깨워 주는 시간이었으며, 가장 신선한 '에너지'를 채우는 시간이기도 했습니다. 그런데 책을 읽는 것으로만 그치지 않고, 왜 그렇게 강의 듣기를 좋아 했나 떠올려 보니, 거기에는 탁월한 이유가 있었습니다.

저는 책을 읽고 나면 머리와 가슴에 '잔잔한 여운'이 남기는 하지만, 그 이후에 저를 '행동'하게 하는 데에는 부족한 부분이 있다는 것이 늘 아쉬웠습니다.

그런데 강의는 마치 번개를 맞듯, 강력하게 다가와 오랜 잠에서 깨어나지 못했던 제 자신을 깨우고, '행동의 변화'를 비교적 곧바로 일으킨다는 점에서 매력을 느꼈습니다. 그때부터 저는 강의를 듣기 좋아했고, 또 강의와 함께 하기를 좋아 했습니다.

3년 전 어느 강연장에서 청중에게 이런 질문을 던졌습니다.
"여러분은 왜 강의를 들으러 오셨나요?"
그랬더니 여기저기서 한 마디씩 들려 옵니다.
"좋은 말 들을려구요."
"변화하고 싶어서요."
"시간이 돼서요."
"……."
그러다 센스 있는 어떤 분이 이렇게 답을 했습니다.
"강사님이 너무 예뻐서요."
(머리 위로 하트 표를 그리며 ^^ )
그러면 저는 좋아 죽는 표정을 감추지 못한 채, 그 분에게 작은 상품을 건넵니다.
제가 다시 한번 질문을 합니다.
"여러분은 왜 강의 들으러 오셨나요?"
잠시 후, 앞 자리에 앉은 신사분이 중저음의 낮은 톤으로

나지막하게 말합니다.

"살고 싶어 강의 들으러 왔습니다."

"……."

잠시 잠깐이었지만, 순간 200여 명 남짓의 청중들이 하나둘 숙연한 표정을 짓기 시작했습니다. 그날 제 강의는 '암 환자를 위한 웃음리더십' 강의였습니다.

그 날, 흰 색 마스크를 하고, 모자를 쓴 청중들은 그렇게 강의가 끝날 때까지, 정말 열심히 마음을 다해 웃었고, 저 역시도 어느 때보다 진심 어린 열정으로 무대를 가득 채웠습니다.

저는 지금까지 기업에서, 학교에서, 각 단체와 기관에서, 참 많은 청중과 다양한 학습자를 만나 왔습니다.

그때마다 저는 똑 같은 질문을 합니다. 그러면 청중들은 각각 다른 '이유'들을 말합니다.

어떤 이는 '꿈을 발견하기 위해' 강의를 듣고, 어떤 이는 '꿈에 도전하기 위해' 강의를 듣습니다.

또 어떤 이는 '지식을 얻기 위해서' 강의를 듣고, 어떤 이는 '용기를 얻기 위해서' 강의를 듣습니다. 더욱 용기 있는 어떤 이는 '외롭지 않기 위해' 왔다 하고, 간절함이 넘치는 이의 대답은 '그냥 왔다'입니다.

어느 것이든, 강의를 들으러 온 사람들은 저마다의 '이유'를 가지고 있습니다. 제가 그랬고, 제 강의를 들은 수많은 사람들이 그랬습니다.

그런 이들을 만나면 저 역시 덩달아 신이 납니다. 그들은 이미 자신 안에 있는 에너지를 꺼낼 준비가 되어 있기 때문입니다. 그 어깨에 "후~" 하고 바람을 불어 넣어 주면, 더 멀리, 더 크게 날아 올라 놀랍게 성장해 나가는 것을 잘 알고 있기 때문입니다.

많은 사람들이 강의를 듣는 것은 '거울 속에 비친 자아(looking_glassself)'를 만나기 위해서이며, 올바른 자기개념(self_concept), 즉 '올바른 자아'를 실현하기 위해서라고 합니다.

강의가 정말로 강력한 힘이 있는 것은, 단순한 지식습득을 시키는 것에 머무는 것이 아니라 한 사람의 인생을 변화시킬 수 있다는 것입니다.

강사 역할은 학습자의 '지식변화'에서 그치지 않고, '행동변화', 나아가 '습관형성'까지를 돕는 것이며, 학습자 스스로 최선의 선택을 할 수 있게 안내하는 것입니다.

결국 강의는 강사와 청중, 청중과 청중이 '소통'하는 가운데 '변화'를 추구하게 되는 것, 그리고 '행동'에 이르게 되는 것을 의미합니다.

축 쳐진 어깨로 힘 없이 걸어 들어 온 청중 한 분이, 강의가 끝난 후에는 '그래! 나도 뭔가 할 수 있어'라고 확신에 찬 표정으로 주먹을 불끈 쥐고 강의장을 나설 때, 저는 그 분보다 더 큰 확신을 가지며, 저에게 이렇게 말합니다.

'그래 ! 강사가 되길 잘 했어!'

# 변화하는 사람에겐 에너지가 있다

   강연을 할 때마다 학습자들에게 아주 많이 듣는 질문이 있습니다.

"강사님은 도대체 어디서 그런 에너지가 나오나요?"

그러면 저는 이렇게 대답을 합니다.

"글쎄요. 아마도 10년 간 한국무용으로 다져진 튼튼한 제 허벅지에서 나오지 않을까요?"

(웃음)

그러면, 또 다시 질문이 나옵니다.

"강사님은 대체 언제 에너지를 충전하시나요?"

저는 또 이렇게 대답을 합니다.

"글쎄요. 아마도 지금이 아닐까요? 저는 에너지를 없애 버리시 않는 편입니다. 아니, 저는 없애 버릴 에니지가 별로 없습니다."

이렇게 설명을 하면 또 다시 질문이 나옵니다.

"그럼, 강사님은 대체 언제 휴식을 하세요?"

그러면 저는 학습자의 질문에 이런 이야기를 해줍니다.

"저는 강의를 하는 시간이 곧 휴식의 시간이고, 에너지를 생산해 내는 시간입니다."

휴식(休息)이라?… 그대로 풀이하면 '사람이 나무에 기대어 자신의 마음을 살피는 것'이 휴식인데, 저에겐 강의하는 시간이 저의 마음을 가장 평안히 살피는 시간이기도 하며, 동시에 잠들어 있던 또 하나의 에너지를 깨우는 시간이기도 합니다.

강의는 저에게 '쉼'과 '생산'을 모두 제공하는 셈입니다. 그래서 저는 강의가 곧 '휴식'이며 동시에 에너지를 '채우는' 시간이라 부르고 있습니다. 덕분에 저는 강의를 하는 시간이 가장 에너지가 넘치고, 또 강의를 통해서 에너지를 충전하고 있습니다.

강사님들을 만나 이야기를 나누다 보면 종종 이런 말을 듣습니다.

"나는 강의를 하고 나면 기(氣)가 빠지는 것 같아."

그런데 생각해 보면 저는 강의를 하면 할수록 기가 충전되었던 기억만 있습니다.

가끔 학습자들이 비가 내리면 기분이 축 쳐진단 말을 합니다. 저도 그런 날엔 왠지 센티멘탈해지며 기분의 리듬이 단조로 바뀔 때가 있습니다. 그러면 몸 어디선가 삐걱거리는 소리가 나기도 합니다. 무용학과 입시 준비를 하며 매일 바닥에 몸을 던져 혹사했기 때문에 날이 차고 비가 오면 몸 여기저기서 아우성을 치고 있습니다.

그럴 때엔 저도 몸과 마음이 먹구름으로 가득 차 긍정적인 생각을 끌어 올리는 것이 참 어렵습니다. 그런데 이상하게도 강의를 하고 나면, 어느 새 제 안의 세포들이 춤을 추기 시작합니다.

진정성이 있는 메시지로, 학습자들과의 교감이 호흡과 호흡으로 이루어지면, 어디서 그런 에너지가 나오는지 가끔은 '이런 게 초능력일 거야!' 하는 생각이 들 정도입니다. 그렇게 강의를 하고 나오면 갑갑했던 숨통이 탁 트이며 호흡 끝에서 선선한 바람을 느낍니다.

이렇듯 강의를 통해 '얻고', '끄집어 낸' 에너지는 결국 버릴 것 하나 없는 '강력한 동기'를 만들어 제 속에 무한한 에너지로 채워 줍니다.

제가 강사로서 늘 새로운 도전을 추구하는 데에는 바로 이 에너지가 원동력이 되어 '창의적인 힘'을 만들어 내는 덕분인 것 같습니다.

저는 스스로 행복한 사람이라 생각합니다. 왜냐 하면 저는 10대부터 이루고 싶었던 '강사의 꿈'을 이루었습니다. 그리고 지금은 더 큰 꿈을 향해 나아가고 있으며, 그것은 제가 가장 잘 할 수 있는 일, 가장 좋아하는 일, 가장 꾸준히 할 수 있는 일들이, 바로 '강의'라는 한 지점으로 귀결되기 때문입니다.

학습자들이 종종 이렇게 말하곤 합니다.

"강사님은 정말 강의하시는 게 천직인 것 같습니다"

그 말을 들으면 또 다시 저를 상생시키는 에너지가 흘러나와 저는 힘찬 걸음으로 강단에 서고 있습니다.

저에게는 이렇게 '강의'가 에너지의 원천이고, 그 끝에서 또 다시 한 단계 성숙해진 저 자신을 만납니다.

## 행동하는 열정의 근원을 찾아

저는 그동안 참 많은 학습자를 만나왔습니다.

약 6년 간 4천여 명의 학습자와 15주 코스로 <웃음코칭>, <열정스피치>, <댄싱요가댄스>, <강사입문과정> 등의 교육을 진행해 왔고, 전국을 다니며 기업과 단체에 교육컨설팅 및 열정에 대한 강의를 한 덕분에 그야말로 쉬지 않고 수많은 청중을 만날 수 있었습니다.

저는 학습자를 볼 때마다 항상 느끼는 것이 있습니다. 그것은 바로 자신에 대해, 정체성이 확고한 사람은 눈빛부터 믿음직스럽다는 것입니다. 그리고 그들은 그것을 넘어 '행동'으로 변화를 알립니다.

중국 속담에 이런 말이 있습니다.

"변화의 바람이 불면, 어떤 이는 울타리를 쌓고, 어떤 이는 풍차를 돌린다."

저는 이 말을 이렇게 해석해 보았습니다. 풍차를 돌리는 사람들은 마치 '그래도 잘 될 줄 알았다' 는 듯이 거센 바람 앞에서도 평정을 잃지 않고, 자신이 하던 일을 묵묵히 계속 해 나가는 것입니다. 그러나 울타리를 쌓는 사람들은 그동안 쌓아 올렸던 것이 무너질세라 몸부림치며 안간힘을 쓰고 있는 것입니다.

물론 '변화의 바람'이 불었을 때 우리의 대처방법을 생각해 볼 수도 있습니다.

'변화의 바람'은 두렵고, 낯설고, 한 마디로 '쉽게 하기 어려운 것'입니다. 하지만 점점 '변화의 바람'이 각자의 현실에 불어 닥쳤을 때, 그때 우리는 각각 어떤 모습을 하고 있느냐를 살펴야 한다는 것입니다.

한 쪽은 그 '변화'가 두려워 울타리를 쌓고 숨어 버리고 있습니다. 그러나 또 다른 한 쪽은 풍차를 만들어 에너지를 생산하기 위해 현실에 대처하고 있습니다.

이렇게 변화에 대응하는 사람들의 태도는 애초부터 행동이 다르게 나타납니다.

풍차를 돌리는 이들은 실제로 무슨 일을 하든지 간에 자주적이고, 능동적으로 새로운 일에 쉽게 적응을 해 나갑니다.

그러나 담 뒤에 숨는 이들은 무슨 일을 하든지 간에 항상 '생각'에 머물러 새로운 일을 하는 것을 두려워 합니다. 그리고 스스로 그 '생각'에 완벽한 이해를 구하지 않으면 곧바로 '행동'으로 옮기는 것은 아주 어려운 일로 만들어 버립니다. 확신이 서지 않으면 행동으로 옮기지 못하는 것입니다.

행동과학자 아지리스(Argyris, Chris)에 따르면 이런 분들은 대개 '신중'하므로 실수를 잘 하지 않으며, 자신과 타인에게 피해 주지 않고, 성실히 살아가는 분들이 많다고 합니다.

하지만 저는 이것을 반대로 생각해서, 이런 이들은 바로 그 '신중'에 이르는 '생각'에만 머무르기 쉽고, 설사 '행동'으로 옮긴다 해도 이것이 또 실수할까 봐 그 다음 '행동'으로 나아가지 못한다는 의미로 해석을 할 수 있습니다. 일단 확신이 서면 용기와 자신감을 갖고 추진해야 하는데, 그것을 제대로 해내지 못하는 것입니다.

이것은 우리의 본연에 가지고 있는 '동기(動機)'의 문제부터 생각해 볼 필요가 있습니다.

교육학 이론 중에 '평가목표'와 '학습목표'라는 말이 있습니다. 말 그대로 '평가'에 중점을 둘 것이냐, '학습'에 중점을 둘 것이냐 하는 것입니다.

어릴 때부터 '학습목표'의 성향을 가지기 때문에 조금 어려운 문제를 만났을 때 실수하더라도 문제를 계속 풀어 나가는 경향이 있습니다.

반대로 '평가목표'의 성향을 가지고 자라난 아이는 쉬운 문제는 만나면 곧잘 풀다가도, 어려운 문제를 만나면 눈에 띄게 자신감을 상실하며 문제풀기를 포기하는 경향이 있습니다.

이것은 아이가 자라 성인이 되었을 때도 마찬가지로 나타납니다. '확신이 찼을 때 행동하느냐', '행동으로 부딪혀 확신으로 만드느냐' 하는 문제입니다.

저는 우연히 뇌과학 세미나에 참석했다가 이와 관련하여 탁월한 생각을 얻을 수 있었습니다.

"우리는 뇌가 주인공일까요? 아니면 몸이 주인공일까요?"

세미나에서 뇌과학 분야 권위자이신 박문호 박사님이 질문을 했습니다.

저는 이 물음에 처음에는 둘 다 주인공이라고 생각했습니다. 생각은 사유에 존속해 있고, 이것은 행동 안에 실체로 존재하기 때문이 아닐까 하는 생각이었습니다. 'brain'과 'body', 이 둘은 유기적으로 밀접한 관련을 맺고 있으니 틀린 말은 아니겠지만, 조금 더 고심해 보니 '뇌' 자체만으로는 의미가 없겠다는 생각이 들었습니다.

조금 뒤 박문호 박사님이 말씀하십니다.

"몸이 주인공입니다. 'In body the mind!', '몸을 위한 뇌.' 즉 뇌는 생각만으로 존재할 수 없습니다. '생각'에 의해 '행동하는 뇌'가 진짜입니다."

저는 그 순간 '옳소!'를 백 번이라도 외치고 싶었습니다. 그렇습니다. '행동'하지 않는 열정은 생각 안에서 퇴화되어 갈 뿐입니다. 작은 태도의 변화가 큰 차이를 만들어 냅니다.

영화 <킹스 스피치>는 영국 왕실의 조지 6세 이야기를 다루고 있습니다. '말더듬이 왕'이란 비난을 받았던 왕의 이야기입니다. 실제로 조지 6세는 영화처럼 '라이오넬 로그'에게 언어치료를 받습니다. 로그는 보통의 언어치료사처럼 이론적으로, 체계적으로 가르치지 않습니다.

폴짝폴짝 뛰고 구르게 하고, 공기를 마시게 하고, 걷게 하고, 음악을 들으며 말 하게 하는 등 온 몸을 움직여 요란스럽게 행동하게 합니다. 언어치료사라고 해서 언어로 가르치는 것이 아니라 온몸을 쓰게 하면서 치료를 시작하는 것입니다. 물론 중간중간에 말로 상대에게 묻고, 상대의 말을 들을 때는 잠잠히 들어 주고, 상대의 말 속에서 문제점이 발견되면 왜 그런지에 대해 다시 질문을 던지는 식으로 상담기법을 활용하고 있습니다.

처음에 조지 6세는 그의 그런 치료 방법에 완강히 거부 의사를 표시합니다. 자신의 아픔과 마주하는 것이 몹시 견디기 힘들었기 때문입니다.

그러나 점차 로그의 치료기법에 마음을 돌려 끝까지 교육하는 대로 따라 해서 치료를 받기 시작합니다. 그리고 마침내 말더듬이에서 벗어나 멋진 연설을 해 내며 영화는 마무리가 됩니다.

언어치료사 로그의 치료법은 다른 이들과는 다른 것이 있습니다.

바로 '몸을 움직이는 치료법'입니다. 뛰고, 구르고, 걷고, 몸을 마구 움직이면서 몸에서 일어나는 일련의 '감정'들을 깨우고, 그것을 학습자의 내면 깊숙히 연결하여 그 자신이 스스로 가로 막고 있는 '트라우마'에서 깨쳐 나오게 하는 것, 이것이 '행동하는 열정'의 핵심인 '몸을 움직이는 치료법'이라 할 수 있습니다.

공자의 명언 중에 이런 말이 있습니다.

"들은 것은 잊어버리고, 본 것은 기억만 되나, 직접 해 본 것은 이해된다."

강의장을 찾은 학습자들이 강의를 통해 얻고 싶은 것이 단순히 '고개 *끄덕거림*'에 있지 않을 것입니다.

학습자들은 '변화' 되기를 원하는 것입니다. 아니, 그것을 넘어 '습관'을 만들고 싶은 것입니다.

저는 강의를 할 때, 학습자들에게 **춤추게** 하고, 노래 부르세 하고, 악기를 두드리게 하고, 소리를 지르게 하고, 최대한 과장되게 표정을 짓게 하는 등 다양한 움직임을 요구합니다.

처음엔 황당해 하던 학습자들이 한바탕 어울림 속에 땀을 흘리고 나면, 그제서야 마음이 활짝 열린 듯 저의 메시지를 경청하고 가슴으로 듣습니다.

"할 수 있다!"
"하면 된다!!"

그리고는 습관적으로 배운 율동에 이렇게 긍정의 외침을 하며 강의장을 나갑니다.

지금 당장 웃기를 원한다면, 웃음에 관한 보고서를 읽기 전에 거울 앞에 서서 자신이 가장 즐거울 때의 박장대소 장면을 연출하는 것입니다. 몸으로 체득한 것보다 더 큰 '습관 만들기'는 없습니다.

## 겁 내면 아무것도 할 수 없다

초심(初審)을 생각해 봅니다.

제가 강사가 되고 나서 가졌던 초심은 바로, '겁 내면 아무것도 할 수 없다.'는 것이었습니다. 이 말은 지금도 항상 가슴 속 깊숙이 새기고 있습니다.

제가 강사로 처음 나설 때가 겨우 스무 살을 갓 넘긴 후였습니다. 인생의 봄날이 시작될 것 같았던 스무 살 3월, 무용학과에 입학하여 부푼 꿈이 채 가라 앉기도 전에 기숙사로 한 통의 전화가 왔습니다.

갑작스런 사고로 아버지가 돌아가셨다는 어머니의 전화였습니다. 햇살이 눈부셨지만 그 눈부신 햇살 때문에 더욱 슬펐던 3월이었습니다.

이 후 저는 새벽마다 지역신문들을 모조리 수거해 무용학원, 동네 헬스장, 목욕탕 등 '무용전공자'라고 하면 받아 줄 것 같은 모든 곳에 다 이력서를 넣고 다녔습니다.

이력서만으로는 안 되겠다 싶었던 저는 그 동네에서 가장 회원이 많은 헬스장을 목표로 삼고, 주변 경쟁사들을 철저하게 파악해서 사장님께 찾아가 저만의 전략을 알리며 사장님을 설득했습니다.

그렇게 시작된 댄스 강사의 길은 처음에 동네 헬스장이었습니다. 하지만 얼마 지나지 않아 스포츠 센터의 수석지도자로, 또 얼마 지나지 않아 요가협회의 교육이사로, 그렇게 변화하고 성장하며, 하루를 1년처럼 숨 돌릴 틈 없이 생활했습니다.

인도에서의 전통요가지도자 자격증 코스, 아나운서 과정, 음악치료사, 웃음치료사, CS강사 등 각종 자격증을 취득하기 위해 끊임없이 배움의 길도 병행했습니다.

그렇게 끊임없이 준비해 오면서 숨 돌릴 틈 없이 찾아온 기회를 잡을 수 있었습니다. 대학교 평생교육원의 전담 강사가 되었고, 기업 강연을 하게 되었고, 방송 강의를 하는 등 꿈만 같았던 일들이 저의 열정을 불지피기 시작했습니다.

하지만 저에게도 처음부터 열정과 자신감이 충만했던 것은 아니었습니다.

20대 초반의 강사, 그리고 중년의 학습자들. 제 나이의 겹겹을 살아오신 분들 앞에 선다는 것은 참으로 '겁 나는' 일이었습니다.

'내가 얼마나 애송이 같아 보일까?'

'내가 저 분들에게 드릴 수 있는 것이 있을까?'

'내가 지금 뭐 하러 여기 서 있나?'

대학교 평생교육원에서의 제1기 수강생들은 당시 지역사회 CEO들과 종교계 지도자, 그리고 암환자 등 어려운(?) 분들이 줄줄이 모여 계셨습니다.

'어떻게 15주를 이끌고 나가야 하나?'

학습자들의 이력을 알게 되면서 점점 암담하기 짝이 없었습니다. 저는 정말이지 이런 '생각들' 때문에 첫 날, 첫 강의를 너무나 곤혹스럽게 치러냈습니다. 그렇지만 저는 이후, 그 '생각'을 완전히 바꾸기로 했습니다.


'겁 내면 아무것도 할 수 없다. 나의 열정이 이 분들에게 감동을 줄 수 있도록 만들자.'


그리고 매일 '겁 내면 아무것도 할 수 없다.'를 틈만 나면 중얼거렸습니다.

그러자 신기한 일이 일어났습니다. 겁 많고, 유약한 제 내면에 어디선가 모를 용기가 생기는 것이었습니다.

이런 제 진정성이 통했는지 나이 많은(?) 학습자들도 점점 저의 에너지를 받아 함께 힘을 얻기 시작했습니다.

저는 지금도 이렇게 생각합니다. 저에게는 제 능력보다 더 큰 그릇을 채울 수 있는 영광이 주어진 행운 덕분에 더 빨리 꿈을 이룰 수 있었지만, 그때 제가 '용기 있는 도전'을 선택하지 않았더라면, 그리고 '행동하는 노력'을 보이지 않았더라면, 또한 그 무엇보다도 제 안에 타오르는 '열정'이 없었더라면 이 모든 일들이 불가능했을 것이라고.

그래서 지금도 저 자신과 저를 알고 있는 모든 이들에게 이렇게 외치고 있습니다.

"겁 내면, 아무것도 할 수 없습니다."


## 위로가 필요한 사람들

"열정이 사라진 다음에도
안고 가야 할 사람이 있고,
가야 할 길이 있다."

도종환 시인의 말이 생각납니다. 버려야 할 것이 무엇인지 잘 아는 가을 나무는 버리는 일을 마치고도 열정이 사라졌다고 주저앉지 않습니다. 곧 추위를 이겨내고 꽃망울을 틔울 수 있도록 모든 것을 털어내고 단지 겸허하게 침묵하고 있는 것입니다.

저는 가끔 열정이 사라졌다 탄식하는 학습자들과 마주할 때가 있습니다. 특히 모든 것에 성공했다고 여겨 온 사람일수록 한 순간 찾아 온 불행 때문에 삶의 의욕을 완전히 잃어 버렸다는 경우를 종종 접합니다. 어느 날 갑자기 자신에게 날아 든 불행은 그렇게 상실감마저 들게 합니다.

이것은 비단 학습자만의 이야기가 아니라, 좀 더 나은 모습으로 그들 곁에 서고자 하는 강사에게도 불현듯 찾아 들 수 있는 '우리 모두의' 문제입니다.

이런 것을 '번 아웃(burn-out)'이라고 합니다. 원래 '번 아웃'은 기계공학 용어로 가열체(加熱體)에 의해 액체가 가열되어 핵비등(核沸騰)이 상한에 달하면, 가열체 온도가 급상승하여 철선이나 동선인 경우에 타서 끊어져 버리는 현상을 일컫습니다.

심리학에서는 이것을 '심리적 에너지 소진'이라 하는데, 참나무에 불을 붙인 현상을 떠올려 보면 좀 더 쉽게 이해할 수 있습니다,

불길이 빨갛게 타올랐을 때를 1단계, 지속적으로 타고 있을 때를 2단계, 바람이 불어야 유지되는 때를 3단계, 가늘고 긴 불이 바람에 의해서 겨우 유지될 때를 4단계, 마침내 불이 꺼졌을 때가 5단계인 '번 아웃(burn-out)'인 것입니다.

이것을 현재 우리가 처한 심리적 에너지 상태로 적용시켜 본다면, 내 마음의 불길이 어느 지점에 머물고 있는지 볼 수 있을 것입니다.

우리의 주변을 둘러보면 위로를 필요로 하는 사람들이 참 많이 있습니다. 나 자신이 될 수 있고, 나의 가족이 될 수도 있고, 우리의 이웃, 또한 나에게 영감을 준 그 어떤 이가 될 수도 있는 것입니다. 우리는 그렇게 '위로' 받아야 할 존재들입니다.

## 너와 나가 하나가 되는 강연

　몇 년 전에 '웃음코칭 지도사' 수업을 할 때였습니다. 그 날은 '울음치료'를 하기 위해 저도 학습자들도 진지한 마음으로 수업을 진행했습니다.

　그룹 미션 중에 '위로에 대한 말하기' 부분이 있었는데 목회를 하시는 한 학습자가 일어나 나누고 싶은 이야기가 있다며 발표를 시작했습니다.

　어느 어머니가 아들을 잃었다는 이야기부터 시작했습니다. 어려서부터 총명하고, 부모에게 효도를 했던 아들은 청년이 되어 좋은 직장에 들어갔습니다. 직장 생활도, 신앙생활도 성실하게 잘 하고 있었습니다. 어머니에게 아들은 그렇게 귀하고 기쁨을 주는 존재였습니다. 그런데 그 아늘이 명절에 고향으로 내려오던 중 고속도로에서 26중 추돌 사고를 당해 그만 세상을 떠났습니다. 정말 기가 막힌 일이었습니다.

　목사님은 직접 장례 예배를 집도하시면서 '어찌 이럴 수가 있을까? 하나님이 어찌하여 그 아들을 데려가셨을까…?'라는 생각에 인간적인 마음으로 솔직히 무어라 어머니를 위로해야 할지 가슴이 먹먹하셨다고 했습니다.

　그런데 가만히 보니, 장례식에 처음부터 끝까지 그 어머니 곁에서 같이 있었던 분이 눈에 띄었다고 합니다. 처음엔 하도 슬퍼하시길래 가족이거니 했는데 알고 보니, 그 분도 몇 년 전에 갑작스런 사고로 아들을 잃은 어머니였다는 것이었습니다.

목사님은 계속 말을 이었습니다.

"아들을 잃어 본 사람만이 아들을 잃은 사람을 진정 위로할 수 있습니다."


그 말을 듣는데 갑자기 제 눈시울이 뜨거워졌습니다. 저 역시 20살이 되던 해 봄에 갑작스런 교통사고로 돌아가신 아버지 생각이 났기 때문입니다. 저는 끝내 참지 못하고 울음을 터트렸습니다.

강의 중인데 눈물이 멈추질 않아 곤혹스러움에 눈물을 훔치려는데, 제 또래의 한 학습자가 저에게 다가 와 갑자기 저를 안아주는 것이었습니다. 그러면서 자신도 대학교 1학년 때 사고로 아버지를 하늘나라로 보내셨다고 고백을 해 주었습니다.

그날 학습자들은 돌아가면서 저를 안아주었고, 우리는 그렇게 오래도록 함께 울었습니다.

저는 그렇게 강사의 신분도 잊고 한동안 학습자들로부터 위로를 받았습니다. 그런데 나중에 시간이 흐르다 보니 저에게 그렇게 위로를 주었던 분들이 저를 더 아끼고 좋아하게 되었습니다.

우리는 누구나 위로가 필요한 사람들입니다. 그래서 저는 강의를 할 때, 위로를 주는 사람의 위치에서만 서기보다는 위로를 주고받는 자리에 서기를 원합니다.

'위로'는 그렇게 모두의 마음을 따뜻하게 녹입니다.

강의는
끝나지 않는 열정

저는 주변 사람들이 저에게 큰 그릇들을 안겨주는 영광을 안고 살아 가는데, 그만큼 모자람도 자주 느끼면서 8년째 저의 20대를 오롯이 '강사'로 살고 있습니다.

하지만 뭐니뭐니 해도 학습자들이 없었더라면 강의로 인해 얻어진 이 '열정'도 없었을 것입니다.

2년 전, 한 학습자가 제가 진행하는 <웃음코칭지도사> 자격증 과정을 이수하고는 묵묵히 '웃음봉사활동'을 하고 있다는 고백을 했습니다.

그때 저는 눈물이 뚝뚝 떨어졌습니다. 왜냐하면 그 분은 '3개월'의 암 말기 선고를 받은 환자였기 때문입니다. 그 분은 세상 떠나시던 날까지 봉사활동을 하셨습니다. 그 분이 저에게 남긴 것은 그야말로 참사랑과 참열정이었습니다.

저는 이후, 학습자들과 매달 '웃음봉사활동'을 하기 시작했습니다. 요양원에 찾아가 할아버지, 할머니들께 웃음을 전해 드리고, 말벗이 되어 드리고 있습니다.

저는 웃음은 나의 것이고, 미소는 상대의 것이라고 생각합니다. 저와 학습자들은 그렇게 봉사활동을 통해 함께 하나 되고, 배움의 것들을 나누는 학습을 하고 있습니다.

저는 강의를 통해 하나됨을 느낄 때 가장 큰 보람과 열정을 느낍니다.

누군가 저에게 강사가 되고 싶다며 찾아올 때, 저는 항상 이런 말을 합니다.

> "꼭 강사가 되지 않아도 좋습니다. 강사로 살아가는 그 '열정'만 배우시더라도 이미 성공자로 살아 가실 수 있을 것입니다."

강의는 저에게 끝나지 않는 열정입니다.

저의 열정을 불러 일으키는 힘!

아울러 학습자들의 변화를 이끄는 힘! 그것은 바로 서로 하나가 되는 강연을 통해서 입니다.

때로는 위로로, 때로는 격려로, 때로는 미처 깨닫지 못한 자각으로, 열정은 그렇게 희망을 주고 받는 사람들 곁에 생생히 나타납니다. 강연장을 찾는 저에게 열정은 손짓합니다. 오늘도 이 곳에서 학습자들과 한판 신나게 울고 웃으라고….

> "자, 저와 함께 열정 속으로 빠져 보시겠습니까?"

나의 **열정**을
불러 일으키는 것은
마음에 귀 기울이는 것이다

**김지선(金智善)** ■
바이탈플러스 대표

■ 강의분야

건강 – 모든 건강은 습관에서 온다.  운동습관, 식습관, 마음습관
     – 컨디션을 높여주는 스트레스 관리
     – 몸과 마음관리는 생활화!

■ 주요경력 및 자격

단국대학교 졸업, 단국대학원 체육학 석사
생활체육3급 에어로빅 지도자 자격증
생활체육3급 웨이트트레이닝 지도자 자격증 취득
명강사 육성과정 수료– (사)한국강사협회
요가 자격증 취득, 힐링요가 자격증 취득
필라테스 자격증 취득, G.X 프로그램 수료
웃음치료사 1급 자격증 취득, 스트레스관리법 자격증 취득
現 좋은습관창조원 전문위원
現 삼성인력개발원 승격간부과정출강
現 신세계백화점 Pilates강사 외 다수
1997~2001전국에어로빅대회 – 'PAIR부분' 5년 연속챔피언

■ 주요강의경력

삼성인력개발원, 삼성생명, 삼성전자, 삼성경제연구소,
삼성건설, 현대자동차, 국민건강보험공단, 풀무원, 대웅제약,
신세계, 한국마사회, 안양여자중학교, 성문중학교, 단국대학교,
에너지관리공단 등 다수 기업체 출강, 안양노인대학 등 강의

■ 방송 및 인터뷰 경력

MBC, SBS, 동아TV, 건강체조 다수 촬영 코스모 폴리탄,
골프 잡지 건강체조 다수 촬영

■ 저서

몸꽝에서 몸짱 바로가기 – 필라테스(Pilates) 부분 저자

E-mail: jisun2929@naver.com
H.P: 010-2397-2242

　저는 사람들의 건강을 도와주는 트레이너이자, 강사이며, 한 집안의 맏딸이자, 한 남자의 사랑스런 아내이며, 예쁜 맏며느리이기도 한 김지선입니다.

　"강사님, 선생님, 신디, 지선아, 큰애기야, 언니, 새언니, 형수님, 누나, 달링(신랑이 부를 때)" 등등….

　사람들이 저를 부르는 호칭은 참으로 많습니다. 실제로 저는 참 많은 이름으로 살고 있고, 그 이름만큼이나 참으로 많은 역할을 하며 살고 있습니다.

　그런데 생각해 보면 이렇게 많은 이름으로 살고 있는 것은 저뿐만 아니라 사회적 동물인 인간으로서 더불어 살아가야 하는 모든 이들이 다 이렇게 살아가고 있다는 것을 알 수 있습니다. 그리고 그렇게 관계에 따라 새롭게 불리는 이름 속에서 우리는 끊임없이 삶의 에너지를 충전 받아 살아가고 있습니다.

　**에너지의 충전**, 저는 이것이야말로 열정이라고 생각합니다.

　그런 점에서 저는 명강사 드림포럼을 통해서 강사라는 이름으로, 열정에 대해서 생각해 볼 수 있는 이 자리가 정말 행복합니다. 제가 명강사 드림포럼과 관계를 맺지 않았다면 새삼스럽게 열정에 대해서 생각해 볼 수 있는 시간을 갖기란 그리 쉽지 않았을 것이라 생각하기 때문입니다.

'열정이란?'

'나의 열정은 무엇일까?'

'예전에 내가 생각하는 열정이란 어떤 것이었을까?'

'지금의 나의 열정은?'

'나의 열정을 불러 일으키는 것은 무엇일까???'

저는 며칠 동안 정말 모처럼 화두에 이런 질문들을 머리에 이고 살아야 했습니다. 물론 이런 것들은 예전에도 한번쯤은 생각해 봤던 문제들입니다. 그러나 이렇게 나를 드러내는 글로 표현하기 위해 진지하게 고민한 적은 처음이었습니다.

그런데 중요한 것은 글을 쓰기 위해서라도 이런 질문을 머리에 이고 다니면서 저는 정말 수행자처럼 화두가 삶의 어떤 변화를 주는지 조금은 알 것 같았습니다. 며칠 동안 이런 화두를 들고 다니는 것만으로도 많은 것을 느끼고, 그동안 제가 챙기지 못했던 많은 것들을 새롭게 돌아보는 시간을 가질 수 있었습니다.

### '나의 열정을 불러 일으키는 것은 무엇일까?'

이런 질문을 스스로에게 던지는 것 자체만으로도 저는 새로운 모습을 발견할 수 있었습니다.

지금까지 저의 인생 그래프를 그림으로 그려 보면 올라갔다 내려왔다를 끊임없이 반복했습니다. 올라갔을 때야 좋았을 때니까 크게 문제될 것이 없었지만, 한참 내려왔을 때의 제 모습을 점검해 보니까 중요한 사실 하나를 발견할 수 있었습니다.

그렇게 처져 있던 저를 다시 원래의 자리로 일으켜 세워 주었던 것은 다름 아닌 언제나 내 안의 살아 숨쉬는 열정이었다는 것입니다.

내가 힘들 때 그것을 극복할 수 있는 힘을 준 것이 무엇인가 호흡을 하고 다시 짚어 보니, 건강트레이너로서, 강사로서, 또는 맏딸로서, 아내로서, 맏며느리로서 살아가며 겉모습에 휘둘리지 않고, 항상 제 마음에 귀를 기울이도록 이끌었던 힘이 바로 열정이었다는 것을 발견한 것입니다.

'나의 열정을 불러 일으키는 것은 내 마음에 귀를 기울이는 것이다.'

저는 자신 있게 이렇게 말할 수 있습니다.

그러면서 이제부터 현재 제가 생각하고 있는 저의 열정에 대해서 짧게나마 기술하고자 합니다.

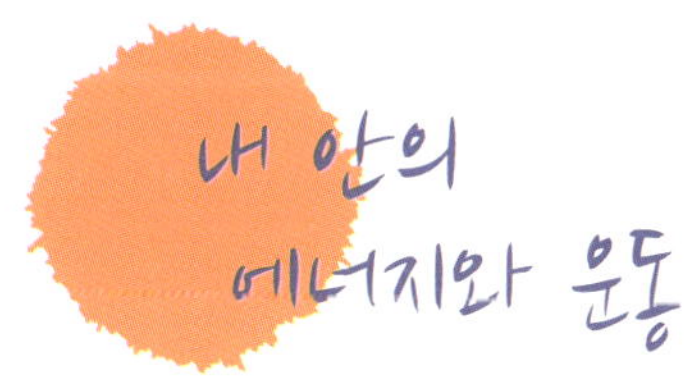

'행복한 가정.'
'죽기 직전까지 할 수 있는 일.'
'명예로운 삶.'
저의 꿈은 위에서 밝힌, 제가 추구하는 삶의 3박자를 맞춰 가며 최선을 다해 살아가는 것입니다.

저는 어렸을 때 너무나 활동적이어서 자칫 산만한 아이로

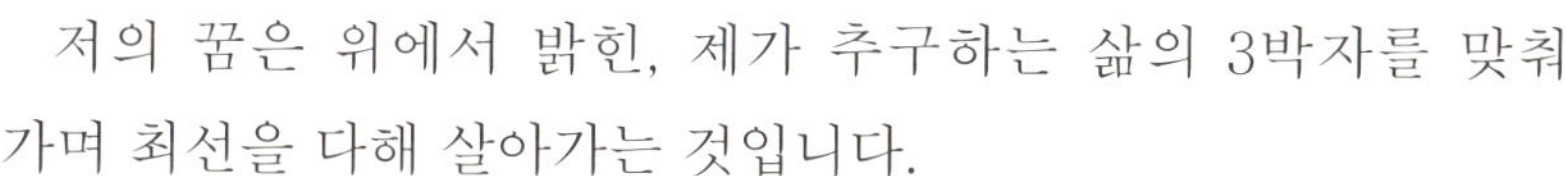

비쳐지기도 했습니다. 그래서 부모님께서는 저를 조신하고, 신중한 성격을 지닌 아이로 키워보려고 저에게 운동을 시키셨습니다. 제 안의 넘치는 에너지를 운동을 통해 조절해 주려했던 것입니다.

저는 그렇게 운동을 시작했고, 저의 성격은 운동을 통해 긍정적으로 두각을 보이기 시작했습니다.

초등학교 2학년 때부터 저는 태권도, 체조, 스케이트 등 여러 가지 운동을 접해 보았습니다. 저는 제 성격이 맞아서 그런지 그렇게 접해 본 여러 가지 운동을 가리지 않고 즐겼습니다.

그때부터 저는 학교에서 체육부장, 오락부장을 맡아서 했습니다. 그러다 보니 자연스럽게 사람들 앞에 서는 것을 밥 먹듯이 했습니다. 활동적이었던 저는 또 그것이 좋아서 마음껏 저의 에너지를 발산해 가며 즐기기 시작했습니다.

제 자랑 같아 쑥스럽기는 하지만, 그즈음 초등학교에서 저를 모르면 간첩일 정도로, 저는 정말 제 안의 에너지를 뿜어대며 열심히 살았습니다. 그때 저는 이 세상이 모두 저의 세상인양 교내와 교외를 휘젓고 다녔습니다.

오죽하면 제일 친한 친구의 부모님이 친구가 저랑 함께 어울려 다니는 것을 걱정하실 정도였습니다. 그때 저는 가장 친한 친구의 부모님이 저를 그렇게 생각하는 것을 보고 신선한 충격을 받았습니다. 하지만 매사에 긍정적이었던 저는 그때도 그것을 좋은 쪽으로 생각했습니다.

생각해 보면 그때가 시초였습니다. 저는 그때 제 마음 속에 귀를 기울이며 스스로에게 다짐을 했습니다.

'나중에 꼭 성공해서 이 분들께 믿음직스러운 친구 모습을

보여드려야지~. 그래서 반드시 날 좋아 하시게 만들고 말 거야.'

저는 주변 사람들에게 믿음을 주는 사람이 되기 위해 진지하게 제 내면에 귀를 기울이기 시작했습니다. 무슨 행동을 해도 생각 없이 막 하는 것이 아니라, 한 번 더 신중하게 생각하고 실행에 옮기는 노력을 하기 시작했습니다.

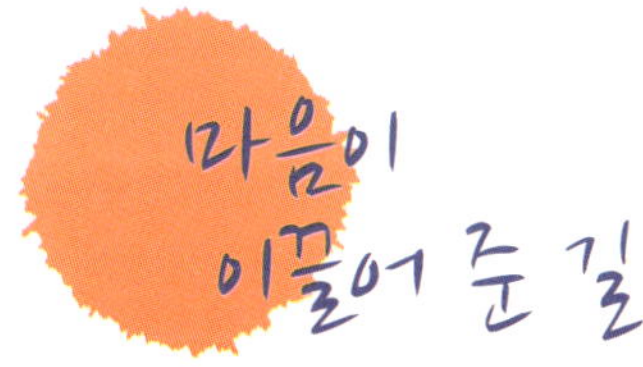


중학교 2학년 때였습니다.

어느 날, 배가 너무너무 아파서 새벽에 병원을 갔는데, 큰 수술을 받아야 된다는 결과가 나왔습니다. 그리고 그 날부터 저는 네 달 가까이 입원해 있어야 했습니다.

그때 몸은 정말 아팠습니다. 몸이 아픈 것도 문제였지만 침상에 누워 있어야 한다는 것 자체가 여간 고역이 아니었습니다. 그런데 그때 저의 인생의 비전을 찾을 수 있는 일이 벌어졌습니다.

그 당시 저는 침상에서 텔레비전을 많이 보았습니다. 그런데 어느 날 텔레비전 화면을 가득 메웠던 에어로빅 대회에 눈을 뗄 수가 없었습니다.

지금 생각해 보면 그때 보았던 그 대회의 장면은 어린 저의 열정에 불을 지피는 불쏘시개와 같았습니다.

텔레비전 화면을 가득 메운 대회의 챔피언인 남자, 여자 선수들의 정말 당당하고 멋진 모습들을 저는 지금도 잊을 수가 없었니다.

그 모습을 보고 저는 끌리듯 빠져 들었고, 무엇인가를 느꼈고, 그 순간 스스로에게 굳게 다짐을 했습니다.

'그래! 저 거야! 저 운동은 내가 정말 잘할 수 있을 것 같아!'

그때 그 대회는 올림픽 체조 경기장에서 토요일과 일요일에 열리고 있었습니다. 그리고 저는 서울대학병원에 입원해 있었습니다.

그 다음 날, 저는 엄마와 간호사 언니를 속이고 몰래 빠져나와 올림픽 체조 경기장을 찾았습니다. 제 마음은 무작정 그 곳으로 발걸음을 옮기게 했습니다. 그리고 텔레비전을 통해 보았던 챔피언 선수들 앞에 저를 세워 놓았습니다. 그때 저는 그 선수들에게 다가 가서 당당하게 말했습니다.

"저는 산본중학교 2학년 김지선입니다. 텔레비전에서 보고 찾아왔어요. 저를 제자로 받아주세요. 정말 잘할 자신 있습니다."

이제야 고백이지만 사실 저는 그때 그 분들의 이름도 잘 알지 못했습니다. 나중에야 이선옥, 전홍완 선생님이라는 것을 알았을 정도였습니다. 그 분들은 그때 20대 초반이었습니다. 두 분은 저 같은 사람을 처음 보았다는 듯이 말없이 웃기만 했습니다. 저는 다시 한번 간절히 말했습니다.

"제발 저를 제자로 받아 주세요."

"그래? 그러면 나중에 부모님 모시고 올래? 그러면 그때 한번 더 생각해 보자. 여기 전화번호 줄게. 나중에 이 번호로 전화주고 찾아 와."

처음에는 어이 없다는 듯이 웃기만 하셨던 분들이 전화번호를 쥐어 주었을 때 저는 정말 날아갈 것만 같았습니다.

물론 병원에 돌아왔을 때 기다리는 것은 엄마와 의사선생님의 꾸중이었습니다. 하지만 저는 기쁜 표정을 지어 보이며 엄마에게 무작정 매달렸습니다.

"엄마, 나 에어로빅 하고 싶어요. 오늘 챔피언 먹은 선수들한테 허락까지 받았어요. 엄마를 모시고 오면 제자로 받아 준데요. 엄마, 나 꼭 하고 싶어요. 그러니 내 소원 좀 꼭 들어 줘요. 알았죠?"

어머니는 저의 성격을 잘 알고 있었습니다. 무엇이든지 한번 하겠다고 하면 꼭 해내고 마는 저를 잘 알고 있었기에 어머니는 저의 소원을 들어 주셨습니다.

저는 퇴원하기가 무섭게 어머니를 모시고, 두 분이 계시는 체육관으로 찾아가 정식으로 제자가 되었습니다.

지금 생각해 보니 그때 저를 그렇게 만든 것은 바로 제 안에 충전되어 있는 에너지의 발산이 아니었나 싶습니다. 그 에너지는 저의 열정을 불러 일으켰고, 그 열정에 따라 행동한 만큼, 지금의 제가 있을 수 있었다는 확신을 하게 됩니다.

그때부터 저는 제 안에 있는 마음에 귀를 기울이기 시작했습니다.

마음에서 이야기하는 대로 병실에서 몰래 뛰쳐나가 제가 원하는 것을 이루고자 한 결과가 지금의 저를 만들었습니다.

그때 저는 에어로빅 챔피언인 이선옥, 전홍완 선생님의 최초의 제자가 되었습니다. 덕분에 젊은 선생님들의 혼신을 기울인 지도를 받으며, 저는 에어로빅에 전념할 수 있었습니다. 정말이지 혼신의 노력으로 정말 열심히 배웠습니다.

그러면서 저는 땀방울은 거짓말을 하지 않는다는 단순한 진리도 온몸으로 느낄 수 있었습니다. 그때부터 저는 전국 에어로빅 대회에서 5년 연속 챔피언을 차지하는 영예를 누렸기 때문입니다.

물론 제가 좋아하는 일을 하면서 꿈꾸던 목표를 이루기 위해 포기해야 했던 것들도 많았습니다.

그 중에 가장 아쉬웠던 것은 학창시절에 대한 낭만과 꿈이었습니다. 생각해 보면 저는 고등학교와 대학교의 학창시절을 죽어라 운동에 빠져 있었던 기억밖에 없습니다. 정말이지 운동에만 미쳤었던 세월들, 다시 그 시절로 돌아가라고 한다면, 아마도 다시 한번 그때처럼 하라면, 제 안의 열정이 똑같은 방향으로 저를 이끌어 갈 것이라고 장담을 하지는 못하겠습니다.

그때 제가 그렇게 운동에 미칠 수 있었던 것은 저 자신이 좋아하는 일을 하고, 제 마음에 귀를 기울이며 사는 그 자체가 즐거움이었기 때문에 가능했다고 생각합니다.

물론 운동을 하면서 항상 기쁨만 있었던 것은 아닙니다. 저에게도 정말 뒤돌아 보기 싫은 아픈 경험들이 있습니다.

하필이면 대학을 진학해야 하는 고 3때, 저는 예전에 아파서 수술했던 부위가 재발하여 큰 수술을 한차례 더 받게 되었습니다. 그래서 병원에 누워 있는 바람에 대학교 실기시험을 보지 못해 4년제 대학에 진학할 수 있는 기회를 놓쳐 버렸습니다. 정말 너무나 속이 상했고, 정말 힘이 들었습니다.

그러나 다행인 것은 그동안의 수상 경력으로 전문대학에 특채되어 진학을 했고, 제 꿈을 계속 펼칠 수 있는 자리를 찾아갔습니다. 저는 결코 슬퍼하거나 좌절하지만 않았습니다.

그때도 저는 제가 이 상황에서도 최선을 다해 노력하면, 다시 몸이 좋아지고, 그러면 내 실력을 인정 받아 편입을 해서, 다시 내가 원하는 4년제 대학교에 진학할 수 있다는 꿈을 항상 가슴에 품고 있었습니다.

그리고 실제로 제가 생각하고 행동하는 것에 대해 한 치의 의심도 하지 않았고, 또 저 자신이 믿는 것들을 계획대로 착착 진행시켰고, 마침내 그것을 제 것으로 만들어 놓았습니다.

그 후에 저는 4년제 대학인 단국대학교로 편입을 했고, 졸업할때까지 대학교 대표로 선수생활을 하는 영예도 마음껏 누렸습니다.

저는 대학교를 졸업하고 유명호텔에 트레이너로 들어가려고 했습니다. 그래서 OO호텔에 이력서를 냈지만, 트레이너 경력이 없다는 이유로 보기 좋게 떨어졌습니다. 병원에 입원하는 바람에 겪어야 했던 시련에 비해 정도는 덜 했지만, 어쨌든 사회인으로 발을 내딛으며 처음으로 맛본 시련이었습니다.

하지만 그때도 저는 결코 절망하거나 좌절하지 않았습니다. 오히려 잘 됐다며 제 꿈을 펼치기 위해 입사한 곳이 미국에 본사가 있는 유명한 스포츠 센터였습니다. 그것은 처음 지망했던 곳에서 떨어진 것을 더 좋은 기회로 만들어준 선택이었습니다.

저는 그곳에서 휘트니스(Fitness) 교육을 받았습니다. 그리고 에어로빅에만 머물지 않고, 새로운 것을 배우는 것에 큰 희열을 느꼈습니다.

여러 종류의 휘트니스를 교육 받으면서 제가 담당했던 수업은 스피닝, 스텝, 콴도(복싱), 필라테스, 요가였습니다.

처음 수업을 할 때만 해도 저는 동적인 수업이 더 재미있었고, 정적인 수업은 정말 지루하다는 고정관념을 갖고 있었습니다.

하지만 나중에 저는 그 때 해왔던 필라테스와 요가 수업이 제 마음에 귀를 기울이는 연습과 밀접하게 연관되어 있다는 것을 깨닫게 되었습니다. 그때 정적인 수업을 통해 내면을 보는 연습을 하면서, 저 자신을 성찰하는 법을 배웠습니다.

그리고 그런 성찰의 과정을 통해 '무엇이든 지나고 나면 다 이유가 있다는 것을 알게 된다'는 것을 깨달을 수 있었습니다.

그때 센터의 생활들은 정말 저 자신의 새로운 면들을 찾아 볼 수 있는 자리였습니다. 그러면서 저는 센터에서 점점 안정된 자리를 잡아갔습니다. 3년 후에 저는 센터에 정직원으로 안정적인 보수를 받으며, 안정적인 일을 하고 있는 저의 모습을 점검해 보았습니다.

하지만 저는 그때 저 자신이 정체되어 있는 것만 같아 견딜 수 없었습니다. 안정적인 일은 저 자신을 정체시켰고, 알게 모르게 타성에 젖어 저 자신이 게을러지고 있다는 것을 느꼈기 때문입니다.

저는 그런 저의 모습이 정말 싫었습니다. 그래서 마음이 이끄는 때로 센터를 퇴사했습니다. 그리고 조금 불안정하지만 저 자신이 살아 있음을 느껴 보고, 제가 원하는 모습대로 살기 위해 프리랜서 트레이너의 길을 선택했습니다.

그리고 요가 자격증과 필라테스 자격증을 취득하면서 다시 본격적으로 배우기 시작했습니다. 저는 요가를 하면서 무엇인가에 집중하며 명상하는 방법을 배웠습니다. 무엇보다 있는 그대로의 나를 사랑하는 법을 깨닫게 되었습니다. 저는 지금도 그때 알게 된, 명상하면서 마음에 귀를 기울이는 연습을 꾸준히 하고 있습니다. 스스로 엄하게 꾸짖기도 하고 타이르고 격려하기도 합니다.

프리랜서로서의 삶은 정말 내가 하는 만큼의 대가와 결실을 가져다 주었습니다. 제가 열심히 하는 만큼 저를 찾아주는 사람들이 생겼습니다. 그리고 그에 대한 보수와 보람이 뒤따라 왔습니다. 그래서 저는 더욱 열심히 했습니다. 겸손하는 것도 항상 뇌리에 새겨두고 행동하였습니다.

프리랜서의 삶은 제 열정을 발산하는 만큼 거기에서 오는 또 다른 희열과 노력, 그리고 새롭게 펼쳐지는 계획과 비전을 제공해주는 삶의 연속이어서 정말 활기가 넘쳤습니다.

저는 강의를 시작하면서, 사람들 앞에서 트레이닝을 하면서 항상 가슴에 새기는 말이 있습니다.

**'이 분들이 있기에 내가 좋아하는 일을 할 수 있다.'**

그래서 저는 항상 저에게 트레이닝을 받는 한 사람 한 사람에게 감사하고 사랑스러운 마음으로 다가갔습니다.

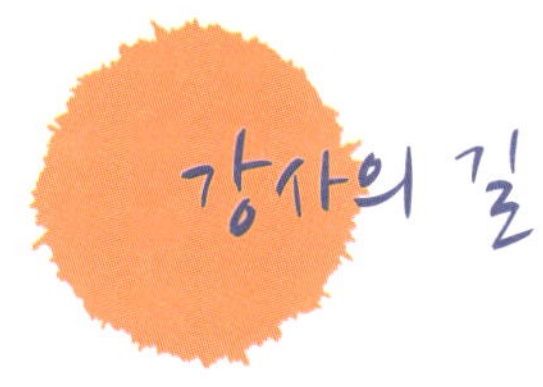

# 강사의 길

　　프리랜서로서의 저의 진심이 통했는지 저에게 또 한 번의 기회가 찾아왔습니다. 삼성인력개발원 교육 담당자인 김상욱 차장님으로부터 전화가 온 것입니다.

　　"건강 강의를 해 볼 생각 있나요? 우리는 새로운 흙 속의 진주를 찾고 싶습니다. 하지만 잘 하셔야 돼요. 평가점수가 나쁘면 기회는 다시 찾아오기 힘듭니다."

　　제가 하고 있었던 일이기에 저는 자신있다고 대답했고, 겁없이 첫 강의를 시작했습니다. 첫 강의의 평점은 86점. 저는 정말 많은 것을 배웠습니다.

　　운동에 관심이 있는 사람들을 대상으로 했을 때와 기업체 강의가 다르다는 것을 확실히 느꼈습니다. 기업체 강의는 무엇보다 수강생들의 관심을 끌어당겨 공감대를 만드는 일이 중요하다는 것을 뼈저리게 느꼈습니다. 운동에 관심을 보이고 찾아온 사람들에게 한 것처럼 해서는 안 된다는 것을 배우게 된 것입니다.

　　다행히 그때 차장님께서 다른 모든 강사님은 90점 이상인데, 저는 점수가 낮기는 하지만, 첫 강의치곤 잘한 거라며 칭찬과 격려를 해주셨습니다.

　　그 날 이후 저는 제가 얼마나 부족한지도 알게 되었고, 제 몸

속에선 뭔가 다시 꿈틀거리는 것이 있다는 것을 느꼈습니다.

"차장님, 저를 도와주세요."

저는 그때부터 차장님과 삼성인력개발원 담당자분들을 귀찮게 하기 시작했습니다. 직접 찾아 다니면서 제가 잘 모르는 프리젠테이션을 수정받았고, 다수를 대상으로 말하는 방법과 조심해야 될 부분들을 배웠습니다.

그리고 강의가 끝나면 거기에서 나오는 피드백을 받아 생각하고 또 연습했습니다.

이때부터 서점 가서 책 읽는 시간도 많아졌습니다. 그러면서 평점이 92점, 95점, 96점으로 점차 올라가기 시작했습니다.

저는 단순히 프리랜서로 일을 한다고 했는데, 이런 계기가 주어지면서 전문 강사가 있다는 것을 알게 되었고, 그렇게 해서 강사 김지선이라는 새로운 이름을 얻을 수 있었습니다.

삼성은 교육을 많이 하기로 유명합니다. 삼성이 세계 최고의 기업이 될 수 있었던 것은 바로 이처럼 끊임없이 교육을 통해 새로운 마인드를 일깨워 주었기 때문에 가능하다는 생각을 하게 됩니다. 정말 저 자신에게 좋은 기회를 마련해 준 삼성은 정말 소중한 곳으로 제 마음 속에 자리를 차지했습니다.

세계 최고의 기업인 삼성에서 기업체 강의를 시작하고, 많은 것을 배웠으니, 저는 얼마나 운이 좋았는지 모릅니다.

그렇게 삼성에서 강의를 하기 시작하니까 삼성과 함께 하는 여러 협력업체들의 교육 담당자들과 자연스레 연결이 되었습니다.

저는 그런 자리를 통해서 끊임없이 기업체 강의를 하며 부족하다고 느꼈던 부분에 대한 교육을 받았고, 또 다른 계획들을 참 많이 세워 가며 정말 많은 것을 배웠습니다.

처음에는 제가 전공한 체육학을 연결시켜 운동습관에 대해 강의하였고, 운동과 연결되는 부분인 식습관에 대해 강의하였습니다.

지금은 건강이란 주제로 운동습관, 식습관, 마음습관에 대해 강의를 하고 있습니다. 마음습관을 강의하면서 가장 강조하는 것이 바로 저 자신의 소리에 귀를 기울이는 것입니다. 그 속에 열정을 불러 일으키는 힘이 있다는 것을 잘 알고 있기 때문입니다.

## 여자의 길, 맏며느리의 길

강사 활동을 하면서 이제부터 다시 공부를 제대로 해야겠다는 결심을 했습니다. 그리고 본격적으로 전체적인 제 인생의 그림을 잘 그려봐야겠다는 포부도 가슴 속에 품기 시작했습니다.

그런 과정에서 제가 존경할 만한 큰 그릇을 품고 있고, 거기다 착하기까지도 한, 남자를 만나 결혼을 했습니다. 그렇게 한 남자에게서 "달링"이란 이름으로 불리게 된 것은 저에게 큰 행복이었습니다.

어디 그뿐인가요? 저는 그 무렵에 저의 멘토이자 정신적 지주인 '좋은습관창조원'의 최상복 원장님도 만났습니다. 그리고 제가 그토록 꿈꾸던 대학원에도 진학할 수 있었습니다.

생각해 보면 그렇게 결혼을 한 후 쉬지 않고 앞만 보고 달려온 지난 3년의 세월이 눈 앞에 황홀경처럼 펼쳐지는 날들입니다.

저는 가정, 일, 그리고 저의 마음가짐이 너무나도 완벽하다는 행복감에 매일을 보냈습니다.

모든 것이 계획한 대로 이루어졌고, 그랬기에 너무나도 당연히 다음 계획을 세웠습니다. 그때 난 그런 모든 사항들에 대해 고마움을 느끼기보다는 당연히 이루어지는 것이라고 생각했습니다.

그런데 호사다마(好事多魔)라고 하나요? 마냥 행복하기만 했던 저에게 전혀 원하지 않았던 일이 눈 앞을 가로 막고 있었습니다.

결혼 3년째, 임신이 되지 않았을 때만 해도 시간이 지나면 당연히 해결될 것이라 생각했는데, 그것이 쉽지 않은 일이라는 것을 알게 되었습니다.

그때부터 저는 나름대로 유명하다는 산부인과에서 힘든 시험관 시술을 몇 차례 준비했었습니다. 그러나 시술 후 부풀었던 기대는 매번 실망으로 돌아왔습니다.

저는 여자로서, 맏며느리로서도 최선을 다하고 싶었습니다. 사랑하는 사람과 결혼을 했고, 한 집안의 맏며느리가 되었으니, 당연히 사랑하는 사람들에게 아이를 잉태해서 큰 행복을 나누고 싶었습니다. 그런데 현재로는 아직 제 능력밖에 있는 일이었습니다.

그러다 보니 한때 우울함이 저를 향해 미소를 짓고 있었습니다. 저는 저 자신을 놓치고, 저를 향해 미소를 짓고 있는 우울함에 맞장구를 치려 하고 있었습니다.

저는 다시 저 자신의 마음에 귀를 기울이기 시작했습니다. 제가 힘들 때마다 항상 저를 이끌어 주었던 열정에 몸을 맡겨 보고 싶었기 때문입니다. 그러자 다시 저에게는 힘이 생기기 시작했습니다.

저는 지금 제 꿈 중에 하나인 강의를 다시 시작하며 행복한 가정을 이루기 위해 새로운 미래를 준비하고 있습니다.

앞에서 말씀드렸듯이 저는 "강사님, 선생님, 신디, 지선아, 큰애기야, 언니, 새언니, 형수님, 누나, 달링(신랑이 부를 때)" 등등 여러 가지 이름으로 불릴 때마다 항상 최선을 다하려고 노력해 왔습니다.

사실 저는 지금 많은 것을 이루었습니다. 하지만 아직 "큰애기"로서의 역할을 다하지 못해 힘든 것이 사실입니다. 그러다 보니 미래의 그림이 잘 안 그려질 정도로 힘이 들 때도 있습니다. 하지만 저는 결코 좌절하지 않을 것입니다.

　요즘 저는 새로운 운동을 배우는 데 폭 빠져 있습니다.

　제가 생각하건대 분명 지금 이런 시간들이, 나중에 커다란 선물로 돌아오리라는 것을 저는 확실히 믿고 있습니다. 지금 내 마음이 하는 말에 귀를 기울이면, 내가 집중하고 열중하여 행동한 모든 것들이, 반드시 머지않아 저를 위한 선물로 되돌아온다는 것을, 저는 경험으로 익히 알고 있습니다.

　제가 살아온 인생을 돌아보면 모든 원인과 결과들이 마치 일렬로 세워진 도미노의 조각들처럼, 마치 그렇게 될 수밖에 없는 운명을 가졌었나 보다 하는 생각을 하게 됩니다.

　제가 어렸을 때 너무도 산만하다고 생각하신 부모님 덕분에 운동을 시작했고, 정말 제 역량을 발휘해야 할 중요한 시기에 몸이 아파 병원 침대에 누워 텔레비전을 보다가 스승으로 모시고 싶은 분을 찾아가 제 인생의 천직을 찾았습니다.

　그리고 프리랜서로 강의를 하면서 '삼성인력개발원'을 만나 전문강사의 길을 걸을 수 있었고, 더 큰 공부를 하고 싶은 욕심에 대학원도 마쳤습니다.

　저는 마음에 귀를 기울일 때마다 제 안에서 뭔가가 꿈틀거리며, 불꽃 같은 열기를 피워 올리는 것을 느꼈습니다. 저는 그것이 바로 열정이라고 생각합니다.

사람은 누구나 마음 속 깊은 곳에, 스스로 담을 수 있을 만큼의 열정이 있다고 생각합니다. 그런데 간혹 저처럼 그 열정이 넘쳐, 남들에게 나눠주지 않으면 안달이 나는 사람도 있습니다.

이런 넘치는 열정을 잘 다스릴 수 있는 방법이 있다면, 자신도 열정적으로 살고, 자신에게 넘치는 열정으로 다른 분들도 즐겁게 해드릴 수 있다면 그것이야말로 가치있는 삶이라 생각했습니다.

그래서 저는 '바이탈플러스(Vitalplus)'라는 새로운 강의 프로그램을 개발했습니다. '바이탈(Vital)'은 '활력'을 뜻합니다.

'바이탈플러스'는 활력을 증진시켜서 건강한 삶을 유지할 수 있게 도움을 주는 프로그램입니다.

‘바이탈플러스’는 아직은 여러분들에게 낯설게 다가올 수 있습니다. 하지만 곧 건강한 삶을 살고자 하는 분들에게 친숙한 이름으로 기억될 것입니다.

앞으로 저는 건강강사 김지선으로 여러분 앞에 당당히 설 수 있도록 모든 노력을 다해 최선을 다할 것을 마음 속으로 꼭꼭 다짐해 봅니다.

나의 **열정**을
불러 일으키는 것은
글쓰기다

**이인환(李寅煥)** ■
출판이안 대표
시인

## 강의분야

독서논술지도사 2급 자격증 과정
글쓰기 (수필, 시창작) 강좌
학습코칭, 동기부여, 자녀교육, 인성교육

## 주요경력 및 자격

출판이안 대표
시인, 이천문협 회원
(사)국민독서문화진흥회 이천시지부장
한국독서철학교육연구소 상임연구원
이천민들레학교 심리상담실장
(사)한국강사협회 명강사 육성과정 수료
심리상담사 1급 자격과정 수료
성폭력 · 가정폭력전문상담원 과정 수료
국제문화대학원대학교 학습코칭학과 석사 과정 중

## 주요강의경력

독서논술지도사 2급자격과정 :
서울을지중학교 학부모, 이천시여성문화대학, 제천시자기주도학습
지도사, EPS평생교육원, 구리시평생교육원, 춘천평생교육원 등
자녀교육 및 학습코칭 :
이천시립도서관, 이천시 율면, 대월면, 모가면 주민 센터, 이천시노인복지
회관, 곡성시 문해교육사 전문교육 등
동기부여 및 인성교육 :
이천민들레학교, 이천청소년센터, 여주보호관찰소 등

## 저서 및 작품

한 권을 읽어도 백 권을 읽은 것처럼 / 출판이안
우등생 독서클리닉/ 한국아동미디어 전집
논술이 별건가, 한 생각이 논술이지/ 출판이안
꿈을 그리는 사람들의 이야기/ 문학동인지
낮달이 놓고 간 이야기/ 문학동인지 등

독서논술지도사모임 (http://cafe.daum.net/readteacher)

저는 요즘 2년 전부터 일주일에 한 번씩 거의 빠지지 않고 참석하는 모임이 있습니다. 정년퇴임 후 시골에 정착을 하신 채수영 교수님께서 심혈을 기울여 매주 시와 수필, 시조 등을 가르쳐 주시고 있는 『부악문학회』라는 문학 모임입니다.

제가 어떻게든지 이 모임에 빠지지 않으려고 노력하는 이유는 시나 수필, 시조를 쓰면서 얻는 것이 많기 때문입니다. 어떨 때는 일주일 내내 숙제를 머리에 이고 다녀야 하는 부담감이 힘겨울 때도 있지만, 숙제 때문에 억지로라도 한 편의 글을 써 놓았을 때 느끼는 쾌감은 이루 말로 다 표현할 수가 없을 정도입니다. 정말 저에게 삶의 활기를 수고 행복을 심어 주는 소중한 경험입니다.

따라서 저는 "나의 열정을 불러 일으키는 것은 진실한 글쓰기"라고 자신있게 말합니다.

진실한 글쓰기를 통해 저 자신을 표현하고, 제가 쓴 글이 저와 주변 사람들의 삶의 긍정적인 영향을 미치는 것을 수없이 경험하고 있기 때문입니다.

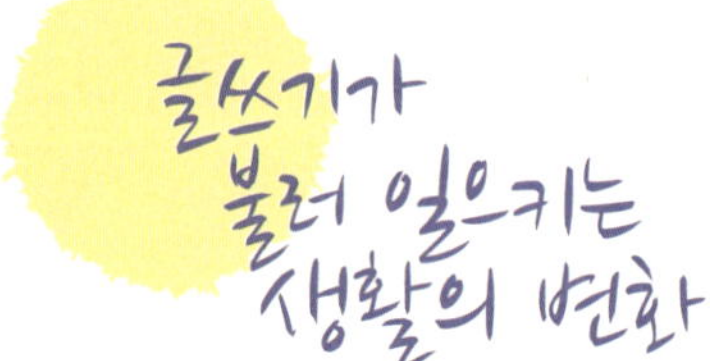

　저는 평생교육센터에서 성인들을 대상으로 독서논술지도사 자격 강좌 전임강사로 활동하고 있습니다. 이천시에서만 3년 동안 270여 명이, 그리고 구리시와 춘천시에서 60여 명의 수강생들이 저의 강의를 듣고 자격증을 취득했습니다.

　그 과정에서 저는 독서논술지도사 2급자격 과정이라는 특성상 과제물이 많다 보니, 수강생들이 제 강좌를 기피하는 경향이 있다는 소리를 종종 듣고 있습니다. 평생학습 현장에서 성인들을 대상으로 강좌를 개설할 때 가장 신경이 쓰이는 부분입니다.

　"선생님, 혹시 숙제 많이 내 주시는 것 아니죠?"

　실제로 수강생 중에는 이렇게 물어 오는 경우가 종종 있습니다. 그때마다 저는 이렇게 대답을 하곤 합니다.

　"숙제는 안 해오셔도 좋습니다. 다만 독서논술지도사로 활동하거나 내 아이의 독서지도를 하고 싶다면, 먼저 아이들이 숙제에 대해 느끼는 부담을 스스로 느껴볼 기회는 있어야 한다고 보기 때문에, 숙제는 계속 내 줄 수밖에 없는 사정을 이해해 주셨으면 합니다."

말은 이렇게 하지만 솔직히 저는 수업 중에 질문도 없고, 숙제도 없으면서, 강사가 일방적으로 이끌어가는 강의는 별로 좋아하지 않습니다. 강사의 일방적인 강의로 끝나는 강좌는 실제로 남는 것이 많지 않다고 생각하기 때문입니다.

그래서 저는 독서논술지도사 강좌 중에 의도적으로 숙제를 많이 내주고 있습니다. 자기소개서, 수필, 시 감상문, 독서감상문, 논술문, 수강 소감문 등 3개월 동안 최소 6편 정도의 글을 과제물로 제출하도록 합니다. 대신 수강생들의 부담을 줄여 주기 위해 과제물을 의무사항으로 강조하지는 않습니다.

처음부터 글쓰기 숙제를 쉽게 해 올 수 있는 사람이라면 강좌를 듣지 않아도 충분한 사람입니다. 강좌를 꼭 들어야 할 사람은 글을 잘 쓰는 사람이 아니라, 글쓰기가 어렵다는 것을 알지만 꼭 필요하다는 것을 느끼고, 한번이라도 글을 써보겠다고 시도를 하려는 사람들입니다.

따라서 이런 사람들에게 숙제 때문에 가중되는 글쓰기에 대한 부담감을 덜어주는 것이 우선이라고 봅니다. 그래서 숙제는 의무사항이 아니라고 애써 강조를 하곤 하는 것입니다.

실제로 이 방법은 좋은 효과를 얻고 있습니다. 초기에 멋모르고 숙제를 의무사항이라고 강조할 때는 과제물을 작성하지 못해 중도에 탈락하는 수강생이 더러 있었는데, 이런 식으로 숙제에 대한 부담감을 덜어 주니까, 탈락하는 수강생도 없을 뿐만 아니라 오히려 과제물 제출량이 늘어나기 시작했습니다.

첫날 강의 듣고 안 오려고 했던 것 아세요? 일명 쫄 팔려서….
교육장까지 한 시간 걸리는 거리도 그렇고, 아들을 혼자 두고 왔다는 미안함도 있었죠.

오랜만에 수업 듣고, 숙제하고, 공부하고 있는 느낌이 좋았
어요.
끝까지 수업 들어서 정말 다행이에요.
정말로 감사드려요.



자격증 과정인 3개월이 끝날 무렵이면 수강생 중에는 이렇게
생활에 많은 변화를 겪었다는 이야기를 하는 분들이 많습니다.
과정이 끝날 때 과제물을 묶어서 책자로 발간을 해서 주면
수강생들은 뿌듯한 성취감을 맛보곤 합니다. 그러면서 이런
식으로 말을 하는 경우가 많습니다.

**"글을 쓸 때는 힘이 들었는데, 막상 써 놓고 보니까 많은
변화가 일어났습니다."**

실제로 이천시 여성문화대학 독서논술지도사 4기 박은영
선생님의 글 중에 이런 내용이 있었습니다.
수필 과제물은 강의 시작한 초기에, 수강소감문은 3개월 후
강좌가 끝날 무렵에 과제물로 제출한 글입니다.
글쓰기가 불러 일으키는 생활의 변화를 구체적으로 확인할 수
있는 사례입니다. 제가 강사로 활동하면서 큰 보람과 자긍심을
느끼게 해 주는 사례의 일부분이기도 합니다.

## 1. 수필 과제물
## '추억의 보따리' 중에서

16년 전 이맘 때쯤 나는 남편과 만났다.

그 시절 학교 생물시간에 개구리 해부수업을 해야 돼서 개구리를 잡아야 될 때가 있었다. 여자인 나는 노력을 했지만 잡지 못했다. 그때 도와준 사람이 남편이었다. 개구리 두 마리를 잡아서 유리병에 물과 함께 담아 수업이 있는 날 새벽에 버스정류장에서 기다리고 있다가 주고서는 가버리고…. 그날 수업은 무사히 할 수 있었다.

나중에 들은 이야기로는 남편이 주말 동안 개구리를 잡기 위해 논두렁에서 낚시질을 하듯 온갖 정성을 들였다고 한다. 그렇게 오랜 시간을 쪼그리고 앉아서 얼마나 힘들었을까? 미안함도 있었지만, 한참을 웃었던 기억이 난다.

그 기억이 신기하게도 오래도록 자리했고, 그 시간들이 설렘으로 다가와 새로운 힘이 되었다. 그 후 연락이 끊기고 서로 다른 삶을 살아오던 우리는 다시 만나게 되었고, 결혼까지 하게 되었다.

이른 봄에 결혼을 해 전망이 좋아, 밤이면 달빛이 너무나 아름다름다워 취해 버릴 것 같은 집에서 행복했다. 현실에 부딪쳐 힘이 들 때면 서로를 다독이며 달래주고는 힘이 되는 추억의 이야기를 주섬주섬 꺼내 위로를 했다. 그러고 나면 막히고 답답했던 것이 사르르 녹아버리는 우리….

## 2. 수강소감문 과제물
## '또 다른 추억의 보따리가 되어서' 중에서

수업시간에 숙제로 주신 수필 쓰기! 나는 남편과의 추억을 글로 썼고, 잘 쓰여진 수필 형식의 글이 아님에도 수업시간에 강사님이 과분한 칭찬을 해주셨다. 부끄러웠지만 너무나 기뻤다. 남편에게 자랑스럽게 상장처럼 보여 주었다. 읽으면서 새빨갛게 상기 되는 얼굴은 검은 피부임에도 홍당무가 되어 있었다. 하얀 치아를 드러내며 웃던 남편은 수줍게 물었다.

"당신 개구리 울음 소리 싫다고 그랬잖아?"

나는 한참을 웃었다. 그리고 "싫을 때도 있고 좋을 때도 있었어."라고 새침을 떼며 대답했다.

소심하고 내성적인 남편은 눈치를 보다가 내 앞에 살포시 앉아 주었다. 그리고 한마디 한다.

"고마워."

## 나의 글, 그리고 아버지

저는 요즘 문학공부를 하면서 아버지와 어머니에 대한 테마시를 쓰고 있습니다.

저는 어렸을 때 아버지한테 맺힌 것이 참 많았습니다. 평생 농사만 지으신 아버지는 제가 학교에 다닐 때 "공부가 인생의 전부냐?"라는 말씀을 하시며,

시험 보는 전 날에도 사람은 일을 해야 한다고 잔소리를 늘어 놓으셨습니다.

제가 착한 아들이었다면 아버지가 시키는 일이라도 열심히 하거나 공부라도 열심히 했을 텐데, 저는 착한 아들이 못 되어어 시험 핑계로 일도 하지 않으면서, 책상에 앉아서는 막상 아버지의 잔소리 때문에 상한 감정을 내려놓지 못하고, 공부도 제대로 하지 않은 채 시간만 축내기 일쑤였습니다.

실제로 중학교 2학년 2학기 중간 고사를 앞둔 일요일에는 벼 베기를 해야 한다는 아버지한테 "제가 아버지처럼 소작이나 지으며 살기를 바래요? 전 아버지처럼 살지 않을 거예요!"라며 대들었다가, 홧김에 작대기를 들고 오시는 아버지를 확 밀어 넘어뜨려서 팔목을 다치게 했던 적도 있었습니다.

아버지는 제가 고등학교를 진학할 때도 참 힘들게 했습니다. 저는 인문고등학교에 가고 싶어 했는데 아버지는 장학금 혜택이 많은 농업고등학교에 가라고 했습니다. 물론 제가 고집을 피워서 인문고에 진학은 했지만, 그 시기에 참 힘들어서 방황을 많이 했습니다.

아버지는 또 제가 고등학교 다니는 내내 "대학교는 못 보내 주니까 네가 알아서 해라."는 말로 제 기를 많이 꺾어 놓았습니다.

학력고사를 보고 저보다 점수가 낮은 아이들이 여기저기 대학원서를 쓸 때, 저는 자포자기 심정으로 술과 담배를 입에 대기 시작했습니다.

다행히 자포자기식으로 지원을 했던 야간 단과대학인 국제대학(현 서경대학교) 국어국문학과에 수석을 하는 덕분에 입학은 했지만, 대학 생활은 그리 순탄하지 않았습니다. 그래서 중도에 대학을 그만 두려고 했던 적이 있는데, 그때마다 아버지는 소를 팔기도 하고 빚을 얻기도 해서 등록금을 채워주곤 했습니다.

"어떻게든 졸업을 해야 할 거 아녀."

결국 이런 식으로 등록금을 마련해 줄 것이면서, 고등학교 다닐 때는 왜 그런 식으로 기를 꺾어서 방황을 하게 했는지, 정말 아버지가 원망스러울 때도 많았습니다.

그런 아버지였지만 나중에는 저를 많이 사랑해 주셨습니다. 아버지는 말년에 제가 결혼을 할 때 신혼여행까지 함께 했습니다. 아직도 그때 아버지를 모시고 울릉도를 다녀왔던 기억이 새롭습니다.

지금 생각해 보면 아내에게는 정말 다시 해서는 안 될 못할 노릇이었지만, 저에게는 아버지 살아 생전에 가져 보았던 가장 행복했던 경험이었습니다.

아버지는 일제시대 때 열여섯 살의 나이로 일본에 징용도 끌려가고, 6.25 전쟁 중에는 다리에 총알을 맞아 간신히 살아 남으신 끈질긴 생명력을 가지신 분이었습니다.


## 솔 향내 나는 풍경

아버지 잠 드신
솔 숲에
함박눈이 내렸다

좌로 우로 생긴 대로

사시사철 솔 향내 풍기는 숲으로
한 줌 거름이 되신 아버지

뿌리가 흔들리면 쉽게 죽어
옮겨 심기가 어렵다는
조선 소나무 숲에

함박눈 휘어진 가지 위로
아버지의 향내가 풍겼다

　2010년 3월, 저는 불혹을 넘긴 늦은 나이에 월간 <순수
문학>이라는 잡지에 '솔 향내 나는 풍경' 외 5편으로 신인 시
인으로 등단을 했습니다.

　그때 추천을 받은 작품들은 거의다 아버지와 어머니에 대
한 내용이었습니다. 이제 저도 두 딸의 아버지가 되고 보니
지난 세월이 후회스러울 때가 많습니다.

　'그때 아버지한테 잘해 드렸다면, 지금이라도 딸들에게
아버지 노릇을 잘해야 할 텐데….'

　제가 아버지에 대한 시를 쓰기로 한 것은 돌아가신 아버지에
대한 추모도 있지만, 무엇보다 두 딸의 아버지로서 제가 걸어야
할 올바른 길이 무엇인가 끊임없이 찾고 싶어서입니다.

　따라서 저는 앞으로도 아버지에 대한 시를 계속 쓰면서 저
자신의 길을 성찰해 나갈 예정입니다.

# 글쓰기, 그리고 열정

　저는 어머니에 대한 글도 많이 쓰려고 노력하고 있습니다. 아버지에 대한 글들이 돌아가신 분에 대한 그리움과 아쉬움을 담은 내용이라면, 어머니에 대한 글들은 말년을 보내시고 계시는 분에 대한 예찬과 사랑을 담은 내용들입니다. 팔순을 넘기신 어머니를 물질적으로 잘 모셔드리지 못하는 죄책감을 글로 표현해서라도 조금이나마 덜어보고자 노력하는 중입니다.

## 어머니

논밭일 팔십 평생
살 태우시고 뼈
삭혀 오신
어머니

앙상한 몸매
쪼그라든 주름
약으로 병원으로
의지하지만

약 한 봉지 드시더라도
짐이 될 수 없다며
자식부터
챙기시는 강단진 세월

애오라지 자식 걱정
한 점 부담마저
떨구려는
가없는 사랑

지난 해 신인 시인으로 등단할 때 추천 받은 작품 중에 포함되어 있는 저의 졸작 '어머니'의 전문입니다.

그때 제 작품이 실린 잡지를 시골집에 갔다 드렸더니, 어머니께서 곁으로 다가와 제 손을 꼭 잡으시면서 이렇게 말씀하셨습니다.

"엄마 맘 아냐?"

저는 지금도 그때 어머니 손끝을 통해 전해지던 사랑을 잊을 수가 없습니다. 10년 전에 갑자기 뇌졸중이 오는 바람에 몸을 잘 쓰지 못한 채 약에 의지하고 있지만, 자식이 쓴 한 편의 글을 통해 지난 세월의 고생을 보상 받았다는 기쁨을 전해 주시는 것만 같았습니다.

그 순간 글쓰기를 통해서 느꼈던 행복감을 저는 항상 가슴속에 새기고 있습니다.

저는 정말이지 그때 어머니에 대한 글을 쓰기를 잘 했다는 생각을 했습니다. 앞으로 어머니에 대한 글들을 더욱 많이 써서 어머니를 더욱 기쁘게 해 드려야겠다는 다짐도 했습니다.

저는 글쓰기가 내면을 겉으로 드러내는 동시에, 그것을 통해서 자신을 객관적으로 돌아보게 해준다는 것을 실감하고 있습니다.

독서논술지도사 과정을 통해 저한테 배우는 이들의 글 속에서, 또한 저 역시 일주일에 한 번씩 숙제를 통해 글을 써가면서,

글쓰기는 저 자신의 삶을 변화시키기도 하지만, 그것을 통해 주변 사람들과의 관계를 더욱 돈독하게 해 주기도 한다는 것을 절실하게 느끼고 있는 중입니다.

　실제로 저는 시를 통해서 수강생들과 하나가 되는 경우가 많습니다. 춘천평생교육관에서 독서논술지도사 2급자격 과정 중에 김민정 선생님께서 <시 감상문>으로 제출한 과제물은 저의 눈시울을 붉히게 만들었습니다.


'아버지의 잠바'를 읽고
　　　– 춘천시 김민정


차마 태우지 못하고
십 년을 모셨다

시장통에서
사 드린 그해
겨울

좋아라
함박 머금던
칠순의 아들 자랑

와르르
순식간에
무너진 하늘

꺼이꺼이
보낼 수 없어

이것만은
이것만이라도

차마 태우지 못하고
십 년을 모셨다.



'나는 시랑 안 친한데…'라는 고민이 머릿속에 꽉 차 있었습니다. 집에 있는 시집을 들여다 보아도 나에게 와 닿지 않고, 무거운 마음과 빈 손으로 수업을 들으러 갔습니다.

그런데 이인환 선생님께서 강의하시는 중에 시 소개를 해주시는데, 가슴 속 깊이 먼지 낀 응어리가 꿀럭이며 올라왔습니다. 돌아가신 어머니 생각에 코 끝이 찡하게 아려왔습니다.

제가 고3때 어머니께서 지병으로 돌아가셨습니다. 장례를 화장으로 하게 되었습니다. 잘 가시라며 뿌려드리는데, 어린 마음에 조금씩 장갑에 남은 것을 점퍼 주머니에 털어 넣었습니다. 무엇이라도 붙잡고 싶은 마음이었습니다. 장례가 끝난 후 집으로 돌아와 피곤함에 그냥 쓰러져 잠들어 버렸는데, 할머니께서 점퍼를 세탁기로 빨아 버렸고, 뒤 늦게 안 저는 그 점퍼를 붙잡고 한없이 눈물만 흘렸던 일이 있었습니다.

이제 아무도 알지 못했던 일을 이 시를 접하면서 글로 표현하게 됨으로써 누군가에게 알리고 있습니다.

시는 어렵고 형식에 얽매어 있는 것이란 생각에 접하려고 하지도 않았는데, 이 시에서 나와 같은 경험, 내 마음을 대변해주는 것을 느끼면서 시와 조금 더 가까워 질 수 있었습니다.

저는 열정이란 삶의 활기를 일으키는 기운이라고 생각합니다.
지금 저에게 삶의 활기를 가장 크게 불러 일으켜 주는 것은
글쓰기입니다.

따라서 저는 "나의 열정을 불러 일으키는 것은 글쓰기"라고
자신 있게 말하고 있습니다. 지금 저 자신이 당당하게 세상을
살 수 있게 해주는 힘은 곧 제 삶의 활기를 불러 일으켜 주는
글쓰기에 있기 때문입니다.

## 나의 열정을 불러 일으키는 글쓰기

### 1. '아버지의 봄'에 대한 단상

1.
봄이 오는 소식을
아버지는 등으로
짊어지셨다

지게 가득 외양간
쇠똥 거름 뒷간 인분
논으로 밭으로

땅 속 깊숙한 곳에서
언 땅 뚫고 기지개 켜는

봄의 생기를

뜨거운 입김 날리며
아버지는 거뜬히
등으로 짊어 지셨다


2.
아버지의 봄에는
삼남이녀의 봉오리가
망울져 있었다

아지랑이 햇살 버들강아지
봄 노래 한 줄 제대로
부를 줄 모르던

아버지의 지게 위로
기승을 부리던
꽃샘추위

두 딸의 아버지
아들의
어깨 위로 시나브로
내려 앉는다

– 졸작 '아버지의 봄' 전문

어머니는 지금도 10여 년 전에 세상을 떠나신 아버지와 결혼을 하게 된 연유를 여쭤보면, 외할아버지께서 "어떻게든지 처자식은 먹여 살릴 놈이여."라며 동네 결혼을 시켜서 어쩔 수 없이 한 것이라고 하십니다. 집안도 가난하고 키도 작은 아버지였지만, 부지런한 것이 한 동네에 살던 외할아버지의 마음을 사로 잡았다는 것입니다. 그것을 증명이라도 하듯이 제 유년의 아버지는 일밖에 모르시는 분으로 새겨져 있습니다.

아버지는 사시사철 한시도 일을 쉬어 보신 적이 없었습니다. 농한기철인 겨울에도 오전에는 지게 가득 땔감을 해오셨고, 오후에는 사랑방의 가마니틀 앞에 앉아서 어머니와 함께 가마니를 짜셨습니다. 그러다가 어쩌다 여유가 있는 날이면 동네 회관에서 내기장기를 두시다가 술에 취해 들어오시곤 했습니다.

언 땅이 풀리는 3~4월이면 아버지는 논과 밭으로 거름을 져 날랐습니다. 겨우내 바깥마당 한 켠에 쌓여진 소똥과 소오줌으로 절은 외양간 거름을, 아버지는 소쿠리를 얹은 지게에 가득 지어 날랐습니다.

어디 그뿐이겠습니까? 아버지는 겨울철 내내 바깥마당에 있는 푸세식 화장실에 산처럼 쌓였던 인분이 녹아 무너져 내리기가 무섭게 똥장군을 지고 텃밭으로 져 날랐습니다. 그 당시에는 지금처럼 씻는 시설이 없어서, 우물가에서 대충 씻고 들어오시는 아버지 온몸에는 냄새가 배어 있었습니다.

나는 아버지와 함께 밥을 먹기가 싫어서 먼저 먹거나 슬그머니 밖으로 나와 아버지가 식사를 마치기를 기다리곤 했었습니다. 지금도 봄이 되면 땀 냄새와 거름, 때로는 인분 냄새가 범벅이 된 아버지의 모습이 아련하게 떠오르곤 합니다.

아버지는 10여 년 전에 갑작스런 교통사고로 돌아가셨습니다. 소식을 듣고 병원으로 달려갔을 때는 이미 온몸이 싸늘하게 식어가는 무렵이었습니다. 다시 못 오실 먼 길을 떠나신 아버지의 식어가는 몸을 흔들어 대며 몸부림치던 때를 떠올리면, 오로지 일과 술밖에 모르신다며 원망도 했던 아버지의 대한 추억이 아련하기만 합니다. 아버지가 술을 마실 수밖에 없었던 것은 한시도 쉴 새 없이 불어대는 꽃샘추위를 그런 식으로나마 막아 보려고 했던 것은 아닐까라는 생각을 해 봅니다.

요즘 저는 두 딸을 키우면서 '세상에 아버지로 산다는 것은 자신을 버려야 한다'는 말을 실감하고 있습니다. 아버지인들 꽃 피는 봄에 거름지게, 똥지게를 짊어지고 싶으셨을까요? 가족의 생계가 달려 있는 문제라 한눈 팔 겨를 없이 묵묵히 짊어 지셨을 것이라는 생각이 드니 괜히 아버지를 원망했던 어린시절이 부끄러워 지기 시작합니다.

아버지는 그렇게 3남 2녀를 키우셨습니다. 저는 지금 겨울만 되면 간절히 봄을 기다리는 사람들의 마음을 이해할 수 있는 두 딸의 아버지가 되어 있습니다. 겨울이면 난방비를 포함해서 그 어느 계절보다 생활이 퍽퍽해지는 것이 사실입니다. 봄이 되어야 좀 여유가 생기고, 여름으로 가야 각박하게 압박하던 생활비에서 조금이나마 한숨을 돌릴 수 있는 처지를 이해할 수 있는 아버지의 입장이 된 것입니다.

저는 글을 쓰는 한 어떠한 형태로든 아버지의 삶을 형상화 시키고 싶었습니다. 그래서 첫 수에서는 봄이 되기 무섭게 아버지가 지게를 짊어 지고, 논으로 밭으로 거름과 인분을 퍼 날랐던 아버지의 모습을 그려 보았습니다. 언 땅을 녹이는 봄의 생기를 아지랑이처럼 피워 올렸던 아버지의 뜨거운 입김으로 형상화 시켜본 것입니다.

두 번째 수에서는 아버지가 물려주신 아버지의 길을 형상화 시키고 싶었습니다. 이제는 아들이기 전에 두 딸의 아버지로 가족의 생계를 책임져야 하는 제가 처한 상황을 그대로 옮겨 놓고 싶었습니다.

아버지인들 남들처럼 봄 노래 부르며 봄을 맞이하고 싶지 않으셨겠습니까? 봄이 되면 지게를 짊어져야 하는 것은, 가난한 농사꾼의 아들로 태어난 아버지의 생존방식이었고, 삶의 철학이었고, 한 집안의 가장인 아버지로서 자식에서 물려 줘야 할 삶의 교훈이 아니었을까 생각해 봅니다.

꽃샘추위는 지금도 묵묵히 아버지의 길을 걷고 있는 모든 이들에게 불어 대는 가혹한 시련으로 형상화 시켜 보았습니다. 잔소리 백 마디 하는 것보다 스스로 거름지게 똥지게 짊어지고 부지런하게 한생을 사셨던 아버지에게서 오히려 배운 점이 더 많았다는 것을 그려보고 싶었던 것입니다.


## 2. 시를 쓰는 이유

포근하니 좋구나
불청객도
다 오시고

저것들도 살겠다고
날을 택했구나
부슬부슬
부슬슬

한겨울 창 밖으로
시어를
뿌려 놓는

팔순 홀어머니
주름 골에
넉넉히 흐르는
계절의 여유

　십 년 전에 아버지가 집 앞의 도로에서 갑작스런 교통사고로 돌아가셨습니다. 그 전에 어머니는 인근 비닐하우스에 농사일을 갔다가 몸에 마비가 오는 바람에 병원에 갔었습니다. 아버지가 돌아가신 것은 어머니가 병원에서 뇌졸중 진단을 받고 보름 동안 입원하고 퇴원을 한 지 채 한 달이 지나지 않았을 무렵입니다. 다행히 어머니의 병세는 호전되어서 몸을 움직이는데 지장은 없지만, 예전처럼 힘 쓰는 일을 거의 하지 못하시게 되었습니다.

　지금은 맞벌이를 하는 큰형 내외가 일을 나가면 하루 종일 빈 집을 지키고 계시는데, 어쩌다 찾아 뵈면 정말 많이 외로운 기운을 풀풀 풍겨내시곤 합니다.

　"괜찮냐? 힘들 텐데…. 살 만은 하냐? 하긴 힘들기만 하겠냐, 외롭지는 않고?"

　어머니는 상처(喪妻)를 한 지 4년이 되어가는 아들을 안쓰럽게 반깁니다. 저는 애써 어머니의 애잔한 눈길을 피하지 않습니</p>

다. 어느덧 저를 그런 식으로 보는 주변 사람들의 시선에 익숙해
진 탓입니다.

어쩌겠습니까? 갈수록 아내의 빈자리가 더욱 허전하게 느껴지
는 날들이지만 제가 받아 들여야 할 운명인 것을.

"엄마도 참, 외로운 게 힘든 거지, 힘들면 어디 외로울 틈이나
있겠어요?"

"그러냐? 듣고 보니 그것도 말이 되는구나."

"엄마, 엄마는 외로워요, 힘들어요?"

"나야 힘들 게 뭐 있냐? 그저 이렇게 일도 못하고 혼자 있다
보니 외로울 뿐이지…."

"엄마는 외로울 때 뭐를 하세요?"

저는 아직도 글을 쓸 때나 어머니라고 하지, 직접 부를 때는
엄마라고 하는 것이 훨씬 익숙합니다. 어머니도 제가 "엄마"라
고 부르는 것이 훨씬 낫다고 하십니다. 그래서 저는 아예 어머니
앞에서는 대놓고 "엄마."라고 부르기로 했습니다.

"저는 이렇게 텔레비전도 보고, 노래도 부르고…. 해당화 피고
지는~~"

정말 생각해 보니 어머니는 틈만 나면 노래를 부르십니다.
그러면서 어머니가 간혹 툭툭 내뱉듯이 하는 말들 중에 내 가슴
에 오랜 여운을 남은 것들이 참으로 많습니다.

"어떻게든 살기 마련이다. 저 봐라. 춥기만 하면 못 살까 봐 이
렇게 푸근하기도 하고…."

겨울비 내리는 창 밖을 보며 어머니는 불쑥 이렇게 말씀하셨
습니다. 저는 순간적으로 그 말 속에서 시의 향기를 맡았습니다.
어쩌면 제가 시를 쓸 수 있도록 만든 힘은 어머니의 본능과도 같

은 저런 힘 덕분이 아닌가 싶다는 생각도 했습니다.

제가 어렸을 때 어머니는 정말 억척스러운 시골 아줌마였습니다. 직설적인 성격이라 입도 거칠었고, 아버지가 술이라도 취해 들어오시면 한 마디도 지지 않던 그런 분이셨습니다. 저는 어렸을 때 엄마처럼 억센 여자하고는 절대로 결혼하지 않을 거라고 다짐까지 했었습니다.

그런데 어머니는 집안일을 제대로 하시지 못하면서부터 부드러워지기 시작하셨습니다. 그리고 보니 어머니와 이렇게 다정스럽게 이야기를 나누기 시작한 것도 얼마 되지 않는 일입니다. 강해 보이기만 하셨던 어머니가 "외롭다."는 말을 직접적으로 쓰시기 시작하면서 이런 이야기를 나누는 것이 가능해진 것 입니다.

"넌 외로울 때 뭐 하냐?"

어머니의 질문을 받고 저는 잠시 생각에 잠겼습니다. 정말 난 외로울 때 뭐를 했지?

"참, 엄마 저는 외로울 때 시를 써요. 엄마가 노래를 부르는 것처럼….."

얼떨결에 저는 이렇게 대답을 하고 말았습니다. 이전에 제가 어머니에 대한 시를 쓴 것을 기억하고 계시는 어머니는 묵묵히 고개를 끄덕이셨습니다.

그 순간 정말 저는 외로울 때 시를 쓰는 것만 같았습니다. 비로소 생각해 보니 저는 혼자 있는 시간이 많아지면서 시상에 잠겨 있을 때가 가장 행복합니다.

어머니와 이런 이야기를 마친 뒤에 집으로 돌아왔습니다. 그리고 정말 진지하게 생각해 보았습니다.

'나는 정말 외로워서 시를 쓰는 걸까? 시를 쓰는 것이 내 외로

움을 달래는데 얼마나 도움이 되었을까?’

그렇습니다. 어쩌면 저는 정말 외로워서 시를 쓰는지 모르겠습니다. 시어 하나를 고르려고 끙끙 거리다가 어느 순간 번쩍하고 떠오른 낱말 하나를 만나면 정말 뿌듯한 행복감이 밀려옵니다.

저는 그렇게 써 놓은 시를 가끔 가장 가까이 있는 큰딸에게 보여주면서 호들갑을 떱니다. 그러면 중학교 2학년짜리 딸아이는 아빠에게 힘을 보태주는 말을 할 때가 많습니다. 그렇게 딸아이와 이야기를 주고 받는 재미도 쏠쏠합니다. 어쩌면 이것도 외로움을 달래는 방법 중에 하나일 것입니다.

“아빠, 아빠는 시를 참 쉽게 쓰는 것 같아. 그런데 시를 이렇게 쉽게 써도 되는 거야?”

“너, 정말 이 시가 무슨 뜻인지 아는 거야?”

“그럼, 겨울비가 왔는데 할머니가 그걸 보고 불청객이라고 했다는 거잖아? 아빠는 그러는 할머니가 시를 뿌려놓았다고 한 거고.”

“너, 불청객이 뭔지 알아?”

“아빠가 예전에 얘기했잖아. 부르지 않았는데 온 손님이 불청객이라고.”

“그건 사전에 있는 뜻이고, 이 시에서 불청객이 무엇을 뜻하는지 아냐고?”

“사람들은 겨울에 눈을 기다리는데, 기다리는 눈은 오지 않고 비가 오니까 불청객이라고 한 거 아냐?”

저는 딸아이와 이런 이야기를 나누는 시간이 정말 행복합니다. 그래서 저는 또 시를 씁니다.

 이인환 (출판이안 대표 / 시인)

# 에필로그

## 열정을 꽃 피울 수 있는 자극제가 되길 바라며

강사란 강의를 하는 사람들입니다.

인터넷으로 강의를 검색해 보면 "학문이나 기술의 일정한 내용을 체계적으로 설명하여 가르침"이라고 나옵니다. 따라서 강사란 "자신이 알고 있는 전문지식을 청중에게 전달하는 사람"이라고 해석될 수 있습니다.

실제로 현장에서는 전문지식을 전달해주는 강사를 필요로 하는 곳도 많이 있습니다. 급변하는 세계화 시대에 생존 경쟁력을 갖추기 위해서는 전문적인 학문이나 기술습득이 필요한 것이 사실입니다. 그러나 현실은 단순히 지식을 전달해 주는 강사가 아니라, 학습자들의 삶의 변화를 이끌어 주는 진문강사를 요구하고 있습니다.

『명강사드림포럼』은 시대가 필요로 하는 강사가 되기 위해 노력하는 사람들의 모임입니다. 우리는 청중에게 단순히 전문지식이나 기술을 전달하는 역할로 만족하는 강사가 아니라, 습득한 전문지식과 기술을 생활 속에서 솔선수범해가면서 자신과 청중의 삶의 질을 향상시키는 명강사가 되기 위해 끊임없이 노력하는 사람들입니다.

「세계 최고의 명강사를 꿈꿔라(류석우 지음)」, 이 책에는 강사의 네 가지 부류가 소개되어 있습니다. 청중에게 단순히 지식을 전달해주는 스피커로서의 강사, 자신만의 설명 방법이나 특별한 예 등을 통해 청중을 충분히 이해시킬 수 있는 수준의 능력을 갖춘 가이드로서의 강사, 강의를 통해서 청중에게 미래에 대한 비전을 심어주는 능력을 갖춘 컨설턴트로서의 강사, 강사의를 듣는 이들이 스승으로 모실 마음을 일으키게 하는 멘토로서의 강사가 바로 그것입니다. 우리가 추구하는 명강사는 바로 멘토로서 청중의 모범이 되고, 존경을 받는 최고의 강사입니다.

지난 몇 개월 동안 우리는 『앗, 뜨거워! 내 안의 열정』의 원고를 정리하면서 정말 행복한 시간을 가졌습니다. 각각의 원고에서 강사이기 이전에 한 인간으로서, 자신이 처한 삶의 현장에서 온 열정을 바쳐 온 명강사드림포럼 식구들의 뜨거운 열정을 확인할 수 있었기 때문입니다.

길거리 매출 1억 원 신화를 이뤄낸 (주)석봉토스트 김석봉 대표의 가족에 대한 열정, 만성피로전문의원으로 최고의 자리를 잡은 이동환 만성피로전문클리닉 원장의 마인드에 대한 열정, 국내 최고의 쇼호스트로 후학 양성에 심혈을 기울이고 있는 김효석아카데미 대표의 꾸준함에 대한 열정, 박철용 인의향리더십센터 소장의 의식의 진화에 대한 열정, 조용호 명강사드림포럼 회장의 꿈에 대한 열정, 공무원 교육현장에서 최선을 다하는 (주)다음HRD 백국선 대표의 내재역량의 믿음에 대한 열정, 차서한의원 한충희 원장의 의식과 행동의 일치되어짐에 대한 열정, 기업교육탑케이션 최효정 대표의 서로 하나 되어지는 강연에 대한 열정, 바이탈플러스 김지선 대표의 마음의 귀 기울이는 것에 대한 열정, 출판이안 이인환 대표의 글쓰기에 대한 열정 등은 명강사드림포럼 식구들의 잔잔한 가슴에 파문을 일으키기에 충분했습니다.

그래서 명강사드림포럼 식구들만 간직하고 있기에는 너무 아까운 원고들을 책으로 엮어 세상에 조심스럽게 내놓아 봅니다.

이제 명강사드림포럼 식구들의 열정을 독자들의 가슴 속으로 던져 봅니다. 물론 아직은 명강사가 되기 위해 노력하는 사람들로서, 여러모로 부족함이 많다는 것을 잘 알고 있습니다. 따라서 이 책을 통해 우리의 부족함을 발견해 나가는 것도 명강사가 되기 위해 노력하는 과정 중에 우리가 감수해야 할 부분이라고 봅니다.

모쪼록 이 책이 독자님들의 가슴에 잠자고 있는 열정에 불을 지피는 불쏘시개가 될 수 있기를 소망해 봅니다. 단순히 전문지식이나 기술을 전달하는 사람이 아니라 청중들과 더불어 열정을 불 태우며, 청중들의 모범이 되고 존경을 받는 최고의 명강사가 되기 위해 앞으로도 끊임없이 노력할 것을 약속드리겠습니다.

감사합니다.

2011년 5월 봄날에
명강사드림포럼 일동

대한민국 10인의 강사가 들려주는
생생한 열정 이야기

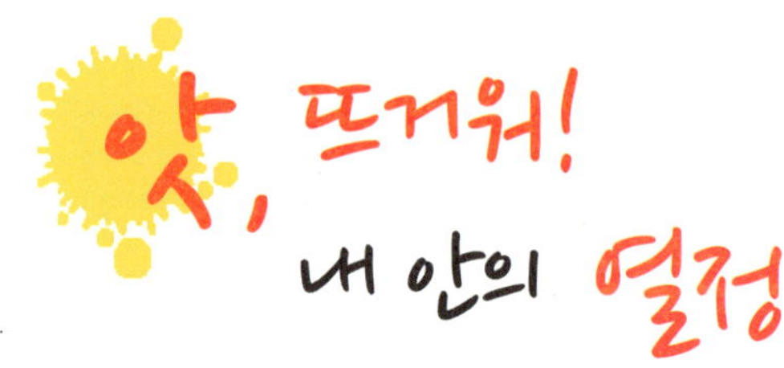


초판인쇄 | 2011년 5월 23일
초판발행 | 2011년 5월 26일

지은이 | 명강사드림포럼
펴낸곳 | 출판이안
펴낸이 | 이인환
편집 | 이도경, 이정민
기획 | 명강사 드림포럼
등록 | 제2010-4호
주소 | 경기도 이천시 호법면 단천리 414-6
전화 | 031)636-7464, 010-2538-8468
인쇄소 | 이노비즈
이메일 | yakyeo@hanmail.net
홈카페 | http://cafe.daum.net/leeAn
ISBN | 978-89-965961-2-7

값 13,000원